W0353206

Jul – Zauberhafte Weihnachten
im hohen Norden

ANNETTE DIEKMANN-MÜLLER

Jul – Zauberhafte Weihnachten im hohen Norden

Literarische Einblicke von Andersen bis Strindberg

Jan Thorbecke Verlag

VERLAGSGRUPPE PATMOS

PATMOS
ESCHBACH
GRÜNEWALD
THORBECKE
SCHWABEN
VER SACRUM

Die Verlagsgruppe
mit Sinn für das Leben

FSC www.fsc.org
MIX
Papier | Fördert gute Waldnutzung
FSC® C014138

Die Verlagsgruppe Patmos ist sich ihrer Verantwortung gegenüber unserer Umwelt bewusst. Wir folgen dem Prinzip der Nachhaltigkeit und streben den Einklang von wirtschaftlicher Entwicklung, sozialer Sicherheit und Erhaltung unserer natürlichen Lebensgrundlagen an. Näheres zur Nachhaltigkeitsstrategie der Verlagsgruppe Patmos auf unserer Website www.verlagsgruppe-patmos.de/nachhaltig-gut-leben
Übereinstimmend mit der EU-Verordnung zur allgemeinen Produktsicherheit (GPSR) stellen wir sicher, dass unsere Produkte die Sicherheitsstandards erfüllen. Näheres dazu auf unserer Website www.verlagsgruppe-patmos.de/produktsicherheit. Bei Fragen zur Produktsicherheit wenden Sie sich bitte an produktsicherheit@verlagsgruppe-patmos.de

Alle Rechte vorbehalten
© 2025 Jan Thorbecke Verlag
Verlagsgruppe Patmos in der Schwabenverlag AG, Senefelderstr. 12,
73760 Ostfildern
www.thorbecke.de

Gestaltung: Finken & Bumiller, Stuttgart
Illustrationen: shutterstock, S. 2, 124/125: Getty Images/unsplash.com, S. 11, 17: Lena Polishko/unsplash.com, S. 12: Henniina Salomaki/unsplash.com, S. 18, 42: Fridi Antrack/unsplash.com, S. 41: Ranurte Est/unsplash.com, S. 135: Sami Matias Breilin/unsplash.com
Druck: Finidr s.r.o., Český Těšín
Hergestellt in Tschechien
ISBN 978-3-7995-2090-4

Inhalt

Eine Einführung 7

Weihnachten in Skandinavien 13

Weihnachten in der skandinavischen Literatur 19

Weihnachten mit Hans Christian Andersen. 22

Weihnachten mit Karen von Blixen-Finecke auf Schloss Wedellsborg 25

Weihnachten zwischen Erinnerung und Fiktion bei Knut und Marie Hamsun 28

Weihnachten in *Nora oder ein Puppenheim* von Henrik Ibsen. 32

Weihnachten bei Selma Lagerlöf auf Mårbacka 35

Weihnachtliche Blicke durch Fenster mit August Strindberg 38

Die Elemente von Weihnachten 43

Das Fest im Winter. 44

Dunkelheit und Licht. 46

Weihnachtsvorbereitungen 57

Der Heilige Abend, 24. Dezember. 60

Der Weihnachtsbaum 63

Geschenke. 73

Speisen und Getränke 80

Weihnachtswichtel: Nisse, Tomte und Trolle 97

Jesu Geburt und Kirchgang. 105

Weihnachtsmusik 107

Weihnachtspflanzen 113

Weihnachten in der Ferne 116

Einsamkeit und Tod 118

Danksagung 126

Literaturverzeichnis 127

Die Autorin 134

Eine Einführung

*

Weihnachten erinnert in allen christlich geprägten Ländern an Jesu Geburt und ist außerdem – und heute wesentlich gewichtiger – das Familienfest schlechthin. Daher ist vieles, was für eine genauere Betrachtung des Weihnachtsfestes in Skandinavien gilt, gar nicht unbedingt spezifisch für diese Region oder auch ein einzelnes Land.

Weihnachten in seiner ganzen Bandbreite findet seit Jahrhunderten irgendwo zwischen gesellschaftlichen Konventionen und individuellem Empfinden, zwischen Tradition und Innovation statt. Traditionen wurden bzw. werden geschaffen, um durch die Wiederholung von Bräuchen Vergangenheit, Gegenwart und Zukunft zu verknüpfen. Es sind überlieferte Rituale, die Gesellschaften einen Zusammenhalt geben, und doch werden sie vor allem für kleinere Einheiten wie Familien bedeutsam, da sie sich ganz konkret beispielsweise in der Festtagsgestaltung widerspiegeln.

Abgesehen davon ist Weihnachten heute aber auch ein individuell gestaltetes Fest bestehend aus vielen einzelnen Elementen, die – wie eine Collage – ein größeres Ganzes ergeben. Jedes Jahr aufs Neue wird bestimmt, wie die weihnachtliche Gestaltung aussehen soll – da werden eigene (Familien-)Traditionen aufgegriffen und solche aus anderen Ländern eingegliedert, so dass ein besonderer individueller Mix entsteht.

Weihnachtsbräuche und -rituale waren schon immer wandelbar: Der Weihnachtsbaum zum Beispiel war ursprünglich eine deutsche „Erfindung" und veränderte die Weihnachtstraditionen in vielen Ländern – eigentlich weltweit. Eine multikulturelle Ausrichtung ist heute charakteristisch für moderne Gesellschaften und insbesondere auch an Weihnachten sichtbar.

Skandinavische Weihnachtstraditionen erscheinen besonders attraktiv (und „zauberhaft“), so dass „Nordic oder Scandi(c) Christmas“ sowohl in den sozialen Medien als auch im Buchmarkt in der Weihnachtszeit allgegenwärtig ist. Es ist ein Begriff wie „Hygge“, der bereits an sich Wohlbehagen auslöst – er impliziert Kerzen, Kaffee und Kuchen sowie häusliche Gemütlichkeit, wobei die Dänen das Wort im Sinne eines gemeinschaftlichen Erlebens empfinden.

Die Skandinavier verstehen es tatsächlich, dem langen dunklen Winter Behaglichkeit und (innere) Wärme abzutrotzen, indem sie diese Jahreszeit geradezu zelebrieren. Sie nehmen die Dunkelheit an, statt nur zu versuchen, sie zu überstehen – vermutlich bleibt ihnen auch nichts anderes übrig, wenn es im Dezember erst um 10 Uhr hell und ab 15 Uhr schon wieder dunkel wird. Das gilt im Übrigen für vergangene Jahrhunderte noch viel mehr, als es wesentlich mühsamer war, das Leben zuhause hell und warm zu gestalten. Da ist es nachvollziehbar, wenn mit einem Fest, das um die Wintersonnenwende stattfindet, die Rückkehr des Lichts gefeiert wird.

Dass skandinavische Weihnachtstraditionen derart attraktiv erscheinen, hat eine Reihe weiterer Gründe: Sie werden „importiert“ im Gefolge der modernen skandinavischen Inneneinrichtung, die besonders durch die Gestaltung der Wohnräume mit nordischen Designer-Möbeln und Deko-Elementen geprägt ist – auch IKEAs Weihnachtsdekorations-Angebot tut sein Übriges. Ganz generell ist das Weihnachtsfest auch durch Objekte definiert, wie den Weihnachtsschmuck, vielleicht das Weihnachtsgeschirr oder die Kerzenhalter. Im Norsk Folkemuseum in Oslo, das für den skandinavischen Raum Gegenstände sammelt, bewahrt und in den Kontext von (historischen) Lebensumständen setzt, beschreibt eine Tafel das so: „Menschen stellen Gegenstände her (Anm.: oder erwerben sie) und werden von ihnen geprägt. Wir besitzen sie, weil sie schön, nützlich, notwendig oder modern sind. Durch diese Objekte erhalten sie Wissen, Erfahrungen und Werte. ... Wenn Menschen beginnen, neue Objekte zu nutzen, dann ändern sie auch die Welt und sich selbst in diesem Prozess. Objekte sind immer aus ihrer Zeit, aber die Zeit wird durch sie genauso reflektiert."

Mitteleuropäer sind schon seit vielen Jahrzehnten angezogen von „dem Norden" (als Gegenentwurf zu „dem Süden", wo die Zitronen anscheinend ewig blühen und der Sommer mit dem Sonnenlicht, dem Duft und seiner Unbeschwertheit nie zu Ende zu gehen scheint). In Deutschland war zu Beginn des 20. Jahrhunderts eine regelrechte Nordland-Euphorie zu beobachten: Der deutsche Kaiser Wilhelm II. (1859–1941), der den Norden als „Wiege der Germanen" bezeichnete, fuhr von 1889 bis zum Ersten Weltkrieg jedes Jahr – allerdings im Sommer – an Bord der „Hohenzollern" durch die Fjorde Norwegens. Auch Schriftsteller wie Thomas Mann (1875–1955) oder Rainer Maria Rilke (1875–1926) wurden in den Sog dieser Begeisterung gezogen. Letzterer schrieb 1904: „Ich glaube, wir brauchen (trotzdem Italien sein Wohltun hat) doch wieder Norden, Weite, Wind." Thomas Mann notierte 1903: „Italien ist mir bis zur Verachtung gleichgültig! ... Nein, ich gehe ein bisschen nach Dänemark." Oder im nächsten Jahr (1904): „Ich bin nordisch gestimmt." Zu der Begeisterung für alles Skandinavische trug auch bei, dass eine Vielzahl bedeutender skandinavischer Künstler:innen (Schriftsteller:innen, Maler:innen und Komponist:innen) im 19. und 20. Jahrhundert Werke schufen, die in ganz Europa auf Bewunderung stießen.

Dass die Deutschen im Dritten Reich geradezu eine Obsession gegenüber dem Norden entwickelten, spielt heute vermutlich keine Rolle mehr. Unser derzeitiges Bild vom „Norden" ist eher geprägt durch die Bilderwelten von Carl Larsson oder die *Bullerbü*-Geschichten von Astrid Lindgren (1907–2002), die immer wieder diese vermeintlich heile Welt inszenieren.

Attraktiv ist der intensive Bezug der skandinavischen Kultur zu einem traditionellen Landleben, welcher unabhängig von der Urbanisierung noch immer besteht. Dieser vermittelt eine Verbindung zu den vorangegangenen Generationen und bedeutet eine beruhigende Kontinuität. Es ist kein Zufall, dass von den in dieser Zusammenstellung befragten Autor:innen drei – Knut und Marie Hamsun sowie Selma Lagerlöf – auf einem Bauernhof geboren wurden bzw. ländlich aufwuchsen. Ihre literarische Kunst schöpften sie aus den Erfahrungen eines häufig sehr harten Bauernlebens und beeinflussten mit ihren Werken maßgeblich die kulturelle skandinavische Identität – neben Künstlern wie Carl Larsson (1853–1919) und Anders Zorn (1860–1920), die das einfache Landleben in ihren Gemälden visuell darstellten. Hamsun und Lagerlöf erhielten ihre Nobelpreise für Romane, in denen sie das Leben der Landbevölkerung beschrieben: Lagerlöf für *Die wundersame Reise des Nils Holgersson* (1906/1907) und Hamsun für *Segen der Erde* (1917). Ihre Idealisierung des Landlebens führte auch dazu, dass sie Höfe bewirtschafteten und fanden, dass neben der Schriftstellerei dies die beste und befriedigendste Möglichkeit sei, ein Leben zu führen.

Weihnachten in Skandinavien

Mit dem Begriff „Skandinavien“ werden hier Schweden, Norwegen und Dänemark zusammengefasst. Es sind diese drei Länder, die geschichtlich und sprachlich zusammenhängen und deren Kultur sich grundlegend von der finnischen oder isländischen unterscheidet.

Alle drei Sprachen verwenden den Begriff „Jul“ für Weihnachten. Die genauen Ursprünge dieses Wortes und vor allem auch seine Bedeutung liegen im Dunkel. Es mangelt nicht an Belegen und Versuchen, das Mittwinterfest der Bevölkerung vor 1000 n. Chr. zu charakterisieren und als „Julfest“ zu deklarieren, allerdings wurden viele Deutungen retrospektiv erfunden (wer explizit an dieses „Ur“-Weihnachtsfest erinnern möchte, verwendet gerne auch die Bezeichnung „Yuletide“). Sicher ist, dass „jûl“ zunächst einen Zeitraum bezeichnete, und zwar den zwischen November und Januar, und dass das altnordische „jôl“ als Begriff für Festmähler und Feiern ganz allgemein verwendet wurde.

Ein winterliches, christlich dominiertes Fest war in großer Entfernung in Rom entstanden, nachdem die Feier von Jesu Geburt seit 336 auf den 25. Dezember festgelegt worden war. Vermutlich war es der norwegische König Hakon I. der Gute (um 920–um 961), der etwa 950 anordnete, die beiden Feste zusammenzulegen. Und so existierten viele Jahrhunderte lang „heidnische“ und christliche Bräuche, Rituale und Traditionen nebeneinander.

Dann aber war es die Reformation, die in den skandinavischen Ländern besonders erfolgreich war, so dass seither in allen drei Ländern die evangelisch-lutherische Kirche die vorherrschende Religion darstellt. Das bedeutet auch, dass Weihnachten zunehmend vor allem als protestantisches Fest begangen wurde (und wird): mit Weihnachtsbaum und Kirchbesuch, ohne Krippe und Christkind. Dabei markieren die Daten des ersten bekannten Aufstellens eines Weihnachtsbaumes sicherlich auch die der ersten Weihnachtsfeiern (Schweden 1741, Dänemark 1808, Norwegen 1820). Vollständig gelungen ist die Vertreibung des „Heidnischen" allerdings nicht: Man trifft bis heute auf den Julbock, der die jährlich wiederkehrende Fruchtbarkeit der Erde symbolisiert und zudem – statt Nikolaus – Geschenke überbringt.

Auch das Lucia-Fest als Lichterfeier zur Wintersonnenwende erzählt von nicht-christlichen Traditionen. Dieses Fest markiert dann auch den eigentlichen Startpunkt der skandinavischen Weihnachtszeit, die damit vom 13. Dezember bis zum 13. Januar reicht (in Dänemark bis zum 6. Januar). Allerdings starten die Vorbereitungen bereits im November; Novent – das Wort wurde gebildet aus November und Advent – ist ein neuer Trend und bedeutet, bereits im tristesten aller Monate mit den Weihnachtsvorbereitungen zu beginnen und diese zu zelebrieren.

Der dänische Schriftsteller Willy Breinholst (1918–2009) schrieb in einem kleinen Büchlein mit dem Titel *Weihnachten in Skandinavien* 1967: „Für einen Skandinavier gibt es kein schöneres Wort als ‚jul' … Es zergeht ihm förmlich auf der Zunge, und sein Blick wird dabei träumerisch und versonnen. Selbst im Munde von großen, starken, bärtigen Männern mit starken Fäusten, zerfurchten Wangen und Wikingerblut in den Adern schmilzt das Wort …".

Die Skandinavier lieben „Jul" und alles, was damit zusammenhängt: die Fenster der Kaufhäuser, die Weihnachtsbriefmarken, das Backen der Plätzchen, die Planung des Weihnachtsessens,

das Aussuchen des Weihnachtsbaumes, die Weihnachtssendungen im Fernsehen, den Heiligen Abend in seiner Fülle. Alles ist besonders und wird auch speziell wahrgenommen.
Die Feier des Weihnachtsfestes ist in Skandinavien vor allem eine private Angelegenheit: Skandinavier sind Familienmenschen und begehen Festtage ausgiebig und intensiv. Je unwirtlicher die Natur und Umgebung im Winter, desto eher ist das Zuhause auch Zufluchtsort. Die frühere dänische Königin Margrethe II. (geboren 1940) formulierte in einer Rede am 7. September 1991 in Aarhus: „Wir leben hier im Norden unter einem großen Himmel: die hellen Sommernächte, die uns berauschen; die lange Winternacht, die uns umschließt und uns dazu bringt, nach innen zu schauen, um zusammen zu sein.“
Andererseits gibt es auch eine gesellschaftliche Komponente: Allgemeine bzw. betriebliche Lucia-Feiern und die betriebsinternen Weihnachtsfeiern mit dem „Julbord“, dem schwedischen Weihnachtsbuffet, finden im öffentlichen Raum statt. In Norwegen gibt es seit dem Ende des 19. Jahrhunderts das sogenannte „Juletrefest“ (Weihnachtsbaumfest), 1868 initiiert von dem Volkskundler Peter Christen Asbjørnsen. In Institutionen, Kindergärten und Schulen gibt es meist zwischen Weihnachten und Neujahr eine große Feier für Kinder und ihre Eltern.
Eine Vielzahl der heute üblichen skandinavischen Weihnachtstraditionen ist ursprünglich auf das Leben auf dem Lande zurückzuführen, beispielsweise das Weihnachtsessen mit Schwein, Schnaps und Bier – war dieses Fest mitten im Winter nach der Ernte doch der Zeitpunkt, das Leben zu feiern. Aber auch der Umgang mit Licht und Dunkelheit und vor allem das Brauchtum, welches um die Weihnachts-Wichtel entstand, spiegelt Traditionen, die sich aus einem bäuerlichen Leben entwickelten.
Und daran hat sich gar nicht so viel geändert. Dem Zeitgeist entsprechend variieren einzelne Elemente: Wenn man zum Beispiel an Kerzen oder Kerzenleuchter denkt, dann hat Weiß/Beige das traditionelle Grün/Rot vielfach abgelöst. Immer mehr Kerzen

sind mit LED-Lichtern ausgestattet. Der Gabenbringer sieht heute häufig dem amerikanischen Weihnachtsmann ähnlich, und die Weihnachtslieder, die am häufigsten gehört werden, sind internationale Popsongs. Die Geschenke für Kinder sind kindgerechter geworden und vielfach aus Plastik. Aber im Grunde wird Weihnachten in Skandinavien heute noch so begangen wie vor 80, 130 oder 180 Jahren – alle zitierten Werke, Briefe und Tagebücher entstanden zwischen 1845 und 1945.

Weihnachten in der skandinavischen Literatur

Schriftsteller:innen sind – wie ihre Zeitgenossen auch – eingebunden in gesellschaftliche und familiäre Traditionen. Sie sind Kinder sowohl ihrer Zeit als auch ihrer Eltern (von der Gewichtung vielleicht auch in umgekehrter Reihenfolge) und erben zunächst einen Platz in einer gesellschaftlichen Ordnung und die damit verbundene Grundeinstellung samt religiöser Orientierung sowie Rituale oder Bräuche. Es kann dann im Laufe ihres Lebens (fast charakteristisch) ein absichtlich herbeigeführter Bruch stattfinden, und die Literatur wird zum Abbild einer neu ausgerichteten Positionierung und dabei wiederum auch zum Zeitzeugnis.
Aber vor allem können Schriftsteller:innen das, was sie erleben oder erfühlen, in Literatur verwandeln. Weihnachten bietet eine besonders beliebte Kulisse, weil in diesen winterlich dunklen und gleichzeitig festlich hellen Tagen – die Kluft ist in Skandinavien besonders groß – vieles zusammenkommt: Kindheitserinnerungen als bedeutende Quelle für Literatur, die Feier eines Familienfestes in einem gewissen Spannungsfeld, das Beschenken der Kinder und die Erinnerung an Jesu Geburt als religiöser Aspekt (der allerdings mit der Entstehung der bürgerlichen Familie seit dem späten 18. Jahrhundert immer unbedeutender wird). Weihnachten kann Glück versprechen oder der Ausgangspunkt für großes Unglück sein – und jede Nuance dazwischen. Hel-

mut Schmiedt schreibt in seinem Werk *Weihnachten in der Literatur*: „Für manche Schriftsteller ist Weihnachten etwas, das alles durcheinanderbringt. Für viele ist es ein mit ausgesprochen positiven Erinnerungen verknüpfter Fixpunkt des Lebens, dessen Wert niemals verloren geht.“

Gerade in Skandinavien finden sich Werke von Autoren mit Weltruhm, die nicht nur weihnachtliches Erleben widerspiegeln, sondern Traditionen und kulturelle Identitäten begründeten: In diese Rubrik gehören die Geschichten Selma Lagerlöfs, vor allem aber Hans Christian Andersens Erzählungen *Der Tannenbaum* (1844) oder *Das kleine Mädchen mit den Schwefelhölzern* (1845). Es ist kein Zufall, dass diese zuerst in Weihnachtsheften erschienen: Sie passen thematisch natürlich perfekt, aber schon damals versprach Weihnachtsliteratur offensichtlich verlegerischen Erfolg: Bücher (oder auch Zeitschriften) mit weihnachtlichem Inhalt sind ein beliebtes Genre, da sie nicht nur eine feierliche Stimmung (in diversen Nuancen) transportieren, sondern auch als beliebte Geschenke fungieren können.

Mit diesen Werken begründete Andersen die skandinavische Weihnachtsliteratur mit – zeitgleich erschienen in Norwegen Weihnachtsmärchen, die von Peter Christen Asbjørnsen gesammelt wurden (in *Norske Folkeeventyr*, 1841–1844, und *Norske Huldreeventyr og Folkesagn*, 1845–1848). Und übrigens zeitgleich (1843) war auch die weltweit bekannteste Weihnachtserzählung in England erschienen: *A Christmas Carol* (*Eine Weihnachtserzählung*) von Charles Dickens.

Das erste weihnachtliche Märchen aus deutscher Feder, *Nussknacker und Mäusekönig. Ein Weihnachtsabend* von Ernst Theodor Amadeus Hoffmann, war bereits dreißig Jahre zuvor (1816) veröffentlicht worden. In jedem Fall folgt die Literatur den gesellschaftlichen Gegebenheiten: Eine Weihnachtsliteratur entstand dann, als zumindest in gut situierten Kreisen ein Weihnachtsfest mit Weihnachtsbaum und Kinderbescherung begangen wurde. Seit dieser Zeit füllt die nordische (nicht nur diese!) Weihnachtsbuch-Produktion Bibliotheken, Buchhandlungen und private Bücherregale; ein besonderer Platz gehört den Werken Astrid Lindgrens (1907–2002) mit den Illustrationen von Ilon Wikland oder Harald Wiberg, die das Bild von skandinavischen Weihnachten heute entscheidend prägen.

Weihnachten mit Hans Christian Andersen

Geboren im dänischen Odense auf Fünen als Sohn eines Schusters, wuchs Hans Christian Andersen (1805–1875) in ärmlichen Verhältnissen auf. Nach dem Tod des Vaters reiste er als Vierzehnjähriger nach Kopenhagen, um dort sein Glück zu suchen. Er startete ohne Familie und Geld, aber mit dem Wunsch und auch dem festen Glauben, etwas Besonderes aus seinem Leben machen zu können. Versuche, ein Engagement als Schauspieler oder Sänger am Königlichen Theater zu erhalten, schlugen letztlich fehl. Allerdings nahm sich der damalige Direktor des Theaters Jonas Collin (1776–1861) des jungen Mannes an und förderte ihn, indem er einen Schulbesuch ermöglichte. Offensichtlich erkannte er Andersens ungewöhnliche Persönlichkeit, wie auch viele andere Zeitgenossen aus Adel und gehobenem Bürgertum, die ihm zeitlebens Unterstützung boten. Andersen begann zu reisen – ein Element seines Lebens, das charakteristisch bleiben sollte. Und er begann zu schreiben; die sogenannten Kinder-Märchen boten eine willkommene Einnahmequelle. 1837 erschienen „Die kleine Seejungfrau" und „Des Kaisers neue Kleider" – insgesamt stammen über 150 Mär-

chen aus seiner Feder. Vielfach ist Andersen als Kinderbuch-Autor bezeichnet und gefeiert worden, jedoch wollte er selbst nicht darauf reduziert werden.
1847 veröffentlichte Andersen eine Autobiografie unter dem Titel „Märchen meines Lebens" – und das war sie offensichtlich auch (also ziemlich fiktiv). Andersen war und blieb ein Suchender nach menschlicher Wärme und Anerkennung. Er lebte Zeit seines Lebens allein, letztlich immer abhängig von dem Wohlwollen anderer. Auch an Weihnachten: Er war gern gesehener Gast auf den Herrenhöfen von Adeligen oder des gehobenen Bürgertums – vor allem in Dänemark, aber auch in ganz Europa – und fand dort immerhin eine Bühne für sich und seine Kunst. An Andersens Beerdigung nahmen das dänische Königshaus und Delegationen aus vielen Ländern teil.

Hans Christian Andersen war an Weihnachten im Stress. Er führte ohnehin ein rastloses Leben, wechselte über sechzigmal in seinem Leben den Wohnsitz, unternahm dreißig große Reisen ins Ausland und verbrachte sowohl Sommer- als auch Weihnachtstage auf insgesamt über fünfzig dänischen Herrenhöfen und Schlössern. Torkild Hinrichsen schreibt in seiner Monografie *Hans Christian Andersens Weihnachten*: „(Sein) rast- und ruheloses Temperament treibt ihn an einem solchen Weihnachtsabend ... wortwörtlich von Tür zu Tür in die Geborgenheit von Bekannten und Freunden, die oft mit seinem Erscheinen gar nicht rechneten. Dort fand er die Familie(n), die er selbst nie hatte." Von dem Weihnachtsabend 1867 berichtet Andersen atemlos – und trotz der vielen Menschen, die er an diesem Abend traf, trotz so viel Zuneigung, die ihm entgegengebracht wurde, trotz der Bewirtung und trotz schöner Geschenke war Andersen allein.

> Mittag bei Nicolai Ørsted auf Vesterbro; danach war Weihnachtsbaum, ich bekam eine Flasche Eau de Cologne. Ging gegen 6 zu Kochs, die saßen noch zu Tisch, der Weihnachtsbaum wurde entzündet, das kleinste Kind wurde unter Danebrogs-Flaggen (Anm.: die dänische Nationalflagge) in

die Stube gefahren, es war als Nisse verkleidet. Ich bekam zwei chinesische Zeichnungen. Um 7 musste ich spätestens bei Jerichaus zum Weihnachtsbaum kommen, aber als ich dort ankam, waren sie noch nicht an den Tisch zum Mittag gegangen; da ging ich zu Henriques, bekam auf dem Weihnachtstisch ein Lampentablett und einen Blumentopf mit Blume. Als ich zu Jerichaus kam, musste ich immer noch eine Zeit warten, es war kalt und ich zog meinen Mantel wieder an. Wir tanzten um den Weihnachtsbaum; ich bekam eine Zeichnung ... und einen Lampenschirm von seiner Frau, worauf sie gezeichnet hatte, die kleine Meerjungfrau ... Als ich um 9 nach Hause kam, war weder das Fräulein oder das Mädchen zu Hause, kalt in meiner Stube. ... So gegen 11 Uhr kamen sie dann beide, ich schimpfte, ließ mir Wein und Essen kommen; das Fräulein war in Tränen ausgebrochen.

Weihnachten mit Karen von Blixen-Finecke auf Schloss Wedellsborg

Geboren wurde Karen von Blixen-Finecke (1885–1962) – im weiteren Text verkürzt als Karen Blixen bezeichnet – in eine wohlhabende Familie als Karen Christence Dinesen auf Rungstedlund, dem Gut der Familie 30 Kilometer nördlich von Kopenhagen. Ihr Vater, zu dem sie ein sehr enges Verhältnis hatte, nahm sich das Leben, nachdem eine Syphilis-Erkrankung festgestellt worden war. Karen wuchs mit vier Geschwistern auf; sie erhielt eine bürgerliche Erziehung, wobei auch ihr künstlerisches Talent gefördert wurde. Sie fühlte sich gleichzeitig von ihrer Familie beschützt und eingeengt. Bereits aus Kindertagen kannte sie ihren entfernten Cousin Bror von Blixen-Finecke (1886–1946). Zusammen entschieden sie 1913 auszuwandern, zu heiraten und in Kenia eine Farm zu übernehmen. Allerdings wurde die Ehe 1925 geschieden. Die Details ihres Afrika-Abenteuers mit dem stetigen Kampf um Trockenheit und Krankheiten (Mensch und Tier) und ihrer (verloren gehenden) großen

Liebe Denys Finch-Hatton (Beziehung seit 1920, er starb 1931) sind hinlänglich bekannt aus dem Buch „Out of Africa", das 1937 in London veröffentlicht wurde und so großartig beginnt: „Ich hatte eine Farm in Afrika ...".
1931 war sie dauerhaft nach Rungstedlund zurückkehrt und musste sich dort auch eine wirtschaftliche Existenz aufbauen. Tatsächlich gelang ihr das schreibend mit Romanen und Erzählungen (u. a. „Wintererzählungen"), von denen „Babettes Fest" ein weiterer Welterfolg wurde. Blixen wurde eine dänische Berühmtheit, die in der ganzen Welt gefeiert wurde. Im Zuge dieser internationalen Anerkennung nahm sie allmählich auch immer mehr Besitz von Rungstedlund. Vor allem kümmerte sie sich um den Garten (ihre Blumenarrangements im Haus waren legendär) und die Vogelwelt. 1958 wurde Rungstedlund in eine Stiftung überführt, deren Stiftungsziel auch den Erhalt des Vogel-Habitats auf dem Gelände beinhaltet.

Karen Blixen war nicht konventionell religiös; sie glaubte mehr an die spirituelle Welt als an das Christentum. Für sie bedeutete Weihnachten vor allem Geselligkeit, Gemeinschaft, gutes Essen und Geschenke. Nach ihrer Rückkehr aus Afrika genoss sie die Feiertage am liebsten außer Haus entweder bei ihrer Schwester Ellen Dahl (1886–1959) in Sandbjerg bei Dybbøl oder bei Freunden in Wedellsborg und Gyldensteen.
Ein Brief an ihre Sekretärin Clara Selborg (1916–2008), am 25. Dezember 1951 verfasst auf Schloss Wedellsborg auf Fünen, gibt Zeugnis von dem Leben der „Upper Class" – was durchaus einen Gegenentwurf zu den bäuerlichen Traditionen einiger ihrer Schriftsteller-Kollegen darstellt: Dort gab es prächtig geschmückte Räume, welche den Blick auf die Felder und den Strand durch riesige Fenster ermöglichten. Nach dem Kirchgang setzte man sich im Gartensaal, der mit einem Weihnachtsbaum geschmückt war, zu Tisch. Man bediente sich selbst; es gab reichlich Champagner. Später schaute man noch in der Gesindestube vorbei; und von „feinen" Geschenken erzählt sie ebenfalls.

Auch wenn sie Weihnachten auswärts verbrachte, schmückte sie ihr Zuhause in Rungstedlund jedes Jahr bereits Anfang Dezember mit einem Weihnachtsbaum und Weihnachtssträußen. Der Baum stand immer im Wohnzimmer, immer eine hohe Fichte, geschmückt mit Weiß und Silber, immer mit denselben silbernen Kugeln, weißen Sternen und silbernem Lametta sowie weißen Kerzen.

Weihnachten zwischen Erinnerung und Fiktion bei Knut und Marie Hamsun

Als Knut Hamsun (1859–1952) 1909 die 28-jährige Schauspielerin (Anne) Marie Anderson (1881–1969) heiratete, lag bereits ein ereignisreiches Leben hinter ihm. Geboren als Knud Petersen, Sohn eines Kleinbauern als viertes von sieben Kindern im nördlichen Norwegen, war seine Kindheit mit neun Jahren vorbei, als er zu einem Onkel geschickt wurde, für den er arbeiten musste (Hamsun selbst bezeichnete diese Zeit als Martyrium). Er kehrte nicht mehr dauerhaft auf den kleinen Hof der Eltern (Hamsund bei Hamarøy) zurück, allerdings wählte er seit 1885 Knut Hamsun (in Anlehnung an seinen Geburtsort) als Namen. Er wurde Ladengehilfe, reiste durch Norwegen und in den 1880er-Jahren auch zweimal in die USA, wo er seinen Lebensunterhalt mit den unterschiedlichsten Tätigkeiten verdiente. 1888 kehrte er endgültig nach Norwegen zurück; 1890 erschien sein erster Roman „Hunger", der seinen Weltruhm begründete. 1898 heiratete er, 1902 wurde er Vater einer Tochter, 1906 wurde die Ehe geschieden.

Marie, 1881 geboren, war die älteste von acht Geschwistern. Ihr Vater betrieb einen Gemischtwarenladen, bis Marie sieben Jahre alt war. Nach mehreren Umzügen erwarben die Eltern einen kleinen Bauernhof, auf dem die Kinder mithelfen mussten. Sie arbeitete als Lehrerin und Erzieherin und entwickelte eine Leidenschaft für das Theater. In diesem Kontext traf sie in Kristiania (dem heutigen Oslo) Knut Hamsun.

1911, zwei Jahre nach der Eheschließung, übersiedelten Marie und Knut Hamsun nach Hamarøy, wo sie einen kleinen Hof (ganz in der Nähe von Knut Hamsuns Geburtsort) übernahmen. Hamsun schöpfte gleichzeitig Kraft und Inspiration aus einem bäuerlichen Leben, dem er in „Segen der Erde" eine Art Denkmal setzt, für das er mit dem Literaturnobelpreis 1920 geehrt wurde. Marie kümmerte sich um Haus und Hof sowie die vier Kinder und veröffentlichte zwischen 1924 und 1957 fünf Bände der „Langerudkinder", die außerordentlich erfolgreich waren.

1918 zogen Hamsuns endgültig nach Grimstad im Süden Norwegens um – auch hier hatten sie ein Gut erworben: Nørholm. Knut Hamsun nutzte eine kleine Hütte auf dem Anwesen als Arbeitsplatz, da er absolute Ruhe beim Schreiben benötigte. Dort schrieb er die letzten sechs seiner Romane und darin befand sich auch seine Bibliothek. Mit dem Nobel-Preisgeld renovierte er (wie Selma Lagerlöf) das Gutshaus sowie das gesamte Anwesen und versuchte, einen Musterbetrieb daraus zu machen, allerdings wirtschaftete er (im Gegensatz zu Lagerlöf) nie gewinnbringend.

Man kann das Leben der Hamsuns nicht zusammenfassen, ohne ihre Begeisterung für die Nationalsozialisten zu erwähnen, die nach dem Zweiten Weltkrieg eine Gerichtsverhandlung wegen Landesverrates bedingte. Hamsun wurde allerdings für „nicht zurechnungsfähig" erklärt und musste nur eine Geldstrafe entrichten. Bemerkenswerterweise schadete dies seinem Ruf keineswegs und er zählt auch heute zu den großen norwegischen Schriftstellern.

Ich habe lange überlegt, ob diese äußerst problematische Phase in ihrem Leben ihre Werke nicht disqualifiziert, in diese Auswahl aufge-

nommen zu werden, allerdings findet sich in ihren Werken auch nicht der kleinste Hinweis auf diese Geisteshaltung. Auch die Beurteilung der Literaturwissenschaft heute geht eher gnädig mit diesem Kapitel um – eine sehr ausgewogene Beurteilung findet man bei Susanne Maerz: „Knut Hamsun und der Faschismus in Norwegen".
Knut Hamsun starb auf Nørholm 1952, Marie Hamsun 1969 – das Haus verblieb in Familienbesitz. Ein großes Hamsun-Zentrum wurde 2009 zum 150. Geburtstag Hamsuns in Hamarøy eröffnet – das Museumscafé heißt „Hunger".

In ihren Lebenserinnerungen, die Marie Hamsun unter dem Titel *Der Regenbogen* veröffentlichte, zitiert sie ein Gedicht, welches ihr Mann für ein Weihnachtsheft geschrieben hatte. Sie waren zu diesem Zeitpunkt frisch verheiratet, und aus den Zeilen klingt neben einer gemeinsamen Vertrautheit auch der Gedanke an die Kindheit (obwohl diese für beide eigentlich mit großen Schwierigkeiten verbunden war):

Warm und geborgen sitzest du
auf meinen Knien und siehst dem Treiben
der Stadt im weihnachtlichen Schneefall zu.
Doch immer werden ich und du
voll Sehnsucht nach der Kindheit bleiben.
Es steigt in uns empor ein Quell,
er kommt aus unsres Herzens Tiefe.
Dein Antlitz leuchtet plötzlich hell,
du siehst mich an und atmest schnell,
als ob die Weihnacht deiner Kindheit riefe.

Marie Hamsuns Lebenserinnerungen schildern das mitunter herausfordernde Leben an der Seite eines schriftstellerischen Genies, geben vor allem aber auch einen Einblick in den Alltag einer Familie mit Kindern auf dem Lande, inklusive den Weihnachtsfesten: Sie erzählt von Lachen, Toben und Geschenken. Und weil in ihr viel Kreativität steckte, nahm sie diese und viele andere Erlebnisse als Ausgangspunkt, Geschichten für Kinder zu verfassen: Zwischen 1824 und 1832 erschienen fünf Bände der *Langerudkinder* – das eigene Erleben wurde zur fiktionalisierten Erinnerung. Marie Hamsun landete mit diesen Büchern einen ungeheuren Erfolg, auch wirtschaftlich. In dem Band *Die Langerudkinder im Winter* finden sich viele Szenen aus der Weihnachtszeit: das Kochen und Backen, das Schlagen des Weihnachtsbaumes draußen im Wald, das Binden der Weihnachtsgarben für die Vögel, der Heilige Abend mit Geschenken, Singen und Spielen und somit alle Elemente des skandinavischen Weihnachtsfestes.

Weihnachten in *Nora oder ein Puppenheim* von Henrik Ibsen

Henrik Johan Ibsen (1828–1906) wurde in Skien, südwestlich von Kristiania, dem heutigen Oslo, in eine angesehene Kaufmannsfamilie geboren. Mit 16 Jahren trat er eine Lehrstelle bei einem Apotheker in Grimstad an. Ursprünglich hatte Ibsen die Absicht, im Anschluss an die Ausbildung Medizin zu studieren. Er machte jedoch mit der Veröffentlichung kleinerer Gedichte und einem ersten Theaterstück auf sich aufmerksam und wurde 1851 als künstlerischer Leiter an das norwegische Theater in Bergen berufen, 1857 an das der Hauptstadt Kristiania (dem heutigen Oslo). Mehrere Dramen entstanden in dieser Zeit und wurden an den jeweiligen Bühnen uraufgeführt. 1858 heiratete Ibsen Suzannah Thoresen (1836–1914), die ihm unterstützend zur Seite stand. 1859 wurde der einzige Sohn Sigurd (1859–1930) geboren, der später Ministerpräsident in Stockholm werden sollte (1903–1905).

Die Familie übersiedelte 1864 für 27 Jahre nach Rom, Dresden und München, da Ibsen sich in seiner Heimat nicht ausreichend gewürdigt fühlte. Im Ausland entstanden diejenigen Dramen, die auch heute noch auf den Spielplänen der Bühnen in aller Welt stehen: 1876

„Peer Gynt", 1879 „Nora oder ein Puppenheim", 1881 „Gespenster". Finanziert wurde er durch Spenden aus der Heimat.
Mittlerweile von seinen Landsleuten verehrt, kehrte Ibsen mit seiner Familie 1891 nach Norwegen zurück. Sie bewohnten ab 1895 eine Wohnung mitten in Kristiania in einem eleganten Wohnhaus: über 300 Quadratmeter groß, mit Stuck an den Decken und schweren Samtvorhängen, die Wände gestrichen in Blau, Grün, Ocker und Rot. Seit 2006 ist die Wohnung – im ursprünglichen Zustand wiederhergestellt – als Museum zugänglich.

Am 21. Dezember 1879 wurde Ibsens Theaterstück *Nora oder ein Puppenheim* in Kopenhagen uraufgeführt und war von dieser ersten Aufführung an ein Riesenerfolg. Das Stück, in dem sich Nora von ihrem nur auf seine Reputation bedachten Ehemann Torvald zunächst emanzipiert und ihn sowie ihre Kinder letztendlich verlässt, spielt in der Weihnachtszeit. Tannenbaum, Baumschmuck und Geschenke sind nicht nur Ausstattung der bürgerlichen Szenerie, sondern auch äußere Anzeichen einer rein dekorativen Funktion ohne tiefere Bedeutung.

Nora tritt vergnügt trällernd ins Zimmer; sie hat den Hut auf und den Mantel an und trägt eine Menge Pakete, die sie rechts auf den Tisch niederlegt. Sie lässt die Tür zum Vorzimmer hinter sich offen, und man sieht draußen einen Dienstmann, der einen Tannenbaum und einen Korb trägt; er übergibt beides dem Hausmädchen, das ihnen geöffnet hat.

Nora: Tu den Tannenbaum gut weg, Helene. Die Kinder dürfen ihn keineswegs vor heut abend sehen, wo er geputzt ist. (...) *Nora schließt die Tür. (...) dann geht sie vorsichtig an die Tür ihres Mannes und lauscht.* Ja, er ist zu Hause. (...) Komm Torvald, und sieh dir meine Einkäufe an.

Helmer: (...) Einkäufe sagst du? Diese vielen Sachen? Ist der kleine lockere Zeisig wieder ausgewesen und hat Geld verschwendet?

Nora: (…) Schau her, ein neuer Anzug für Ivar – und dazu ein Säbel. Hier ist ein Pferd und eine Trompete für Bob, und da eine Puppe und Puppenwiege für Emmy.
Helmer: (…) Und du? Nenn mir was Praktisches, was dir besondere Freude machen würde.
Nora (…) Du könntest mir Geld schenken, Torvald. (…) Ich wickle mir dann das Geld in schönes Goldpapier ein und hänge es an den Weihnachtsbaum. Wäre das nicht hübsch?

Weihnachten bei Selma Lagerlöf auf Mårbacka

Selma Ottilia Lovisa Lagerlöf (1858–1940) wurde auf Mårbacka, einem Gut in Värmland im Osten Schwedens, geboren und starb dort auch 1940. Das hört sich kontinuierlicher an, als es war: 1890 musste das Gut verkauft werden, nachdem der Vater es heruntergewirtschaftet hatte (Alkoholismus hatte einen großen Anteil daran). Schon vor dem Tod des Vaters hatte Lagerlöf allerdings ihre Heimat verlassen, um in Stockholm das Lehrerinnenseminar zu besuchen. Tatsächlich arbeitete sie nach ihrem Abschluss dann auch zehn Jahre als Hauslehrerin (bis 1895). Ihr erster Roman „Gösta Berling“ erschien 1891 als Auftakt zu einer Vielzahl von Romanen und Erzählungen. 1907 wurde „Nils Holgersson“ veröffentlicht, eine Auftragsarbeit des Verbandes der schwedischen Volksschullehrer. Schon bevor sie dafür den Nobelpreis 1909 erhielt, war sie in Schweden bereits eine Berühmtheit, mehrfach mit Preisen ausgezeichnet, so dass sie 1908 das Haus auf Mårbacka zurückkaufen konnte; die Ländereien erwarb sie nach dem Erhalt des Nobelpreises mit dem Preisgeld.

Obwohl sie eine Reisende war, die viele europäische Länder besuchte (Italien, Frankreich, Finnland, Russland), war und blieb Mårbacka

ihr Kompass, ihr Zuhause. Viele dieser Geschichten veröffentlichte sie in einer dreiteiligen Autobiografie (u. a. „Mårbacka").
Nachdem das Haus aufwändig renoviert worden war, lebte die Schriftstellerin dort bis zu ihrem Tod. Sie führte die Landwirtschaft unternehmerisch, beschäftigte bis zu dreißig Personen und belieferte Märkte und Hotels mit ihren Erzeugnissen. 1939 feierte Lagerlöf das letzte Mal Weihnachten: Alle Angestellten und ihre Kinder waren eingeladen, alle wurden beschenkt.
Mårbacka wurde in eine Stiftung umgewandelt und ist heute ein Museum.

Mårbacka, mitten im seen- und waldreichen Värmland zehn Kilometer entfernt von der nächsten Kleinstadt Sunne gelegen, bot Selma Lagerlöf die Idylle eines größeren Bauernhofes (ein einstöckiges Holzhaus mit vier Zimmern, einer großen Küche und zwei Giebelzimmern auf dem Speicher) mit Eltern, Geschwistern, einer Tante, einer geliebten Großmutter, Gouvernante und einer Haushälterin. In diesem ländlichen Umfeld gab es ein seit mehreren Generationen tradiertes Weihnachtsbrauchtum, wobei das kulinarische Angebot eine entscheidende Rolle spielte. In einem Beitrag für die *Karlstader Hausfrauenzeitschrift* (1930) beschreibt Selma Lagerlöf das Weihnachtsfest ihrer Kindheit:

> Bei uns zu Hause wurde Weihnachten auf die alte, übliche Weise gefeiert, aber es gab keine besonderen Gegenstände, abgesehen von einer kleinen Christbaumkugel. Ich glaube auch nicht, dass es ungewöhnlichere Weihnachtsbräuche waren. Wir haben Weihnachtsbier gebraut, wir haben aus Würzbrotteig eine Weihnachtsleckerei gebacken.
> Wir hatten Gänsekuchen aus Weizenteig mit Rosinen für den Weihnachtstisch. Ein großer, runder Lebkuchen mit einer Initiale darauf, auch für den Weihnachtsstapel („Julhögen"), und auch Lebkuchen für den Weihnachtsbaum. Wir haben auch Zweigkerzen gegossen, den Weihnachtsbaum

geschmückt und einen Julbock (einen alten Mann im Wolfspelzmantel) geschmückt.
Das Essen war das Übliche mit Dip, Lautenfisch, Brei und Buttergebäck. Die Weihnachtsgeschenke wurden erst nach dem Abendgebet verteilt. Am nächsten Morgen gingen wir in die Kirche, die wunderschön mit Talgkerzen beleuchtet war. Menschen, die weit entfernt lebten, benutzten Fackeln.

Weihnachtliche Blicke durch Fenster mit August Strindberg

Johan August Strindberg (1849–1912) wuchs in Stockholm auf. Sein Vater war der Besitzer einer Schiffsagentur und dessen Einkommen ermöglichte ihm und seinen Geschwistern eine solide Bildung. Der frühe Tod der Mutter – er war 13 Jahre alt – löste eine erste psychische Krise aus. Nach dem Abitur versuchte er es zunächst mit verschiedenen Studiengängen, die er jedoch abbrach. Stattdessen wurde er Redakteur einer Tageszeitung und Sekretär der Königlichen Bibliothek. Mit dreißig Jahren eroberte er mit dem Gesellschaftsroman „Das rote Zimmer“ erstmals die literarische Bühne.

Strindberg war rastlos: fünf Kinder, drei Ehen (alle nach kurzer Zeit gescheitert), 23 Wohnorte allein in Stockholm, Flucht nach Frankreich, Umzug nach Österreich, Betätigung als Maler, psychische Krisen, Krach mit Kollegen – und dennoch oder vielleicht gerade deswegen erschienen eine Vielzahl von Dramen, Erzählungen und Novellen. Sie machten aus ihm den berühmtesten schwedischen Schriftsteller seiner Zeit (er war berühmter als Selma Lagerlöf; den Nobelpreis konnte er jedoch aufgrund all der Streitigkeiten und Krisen nicht erhalten).

1898 wurde er endgültig sesshaft in Stockholm und es gelang ihm 1907, einige Jahre ein eigenes Theater zu führen, in dem er sich als

Stifter, Dramaturg und Regisseur einbrachte und für dessen Bühne er auch einige Theaterstücke verfasste. Seine Wohnung nahm er in dem sogenannten „Blauen Turm“, der heute das Strindbergmuseum beheimatet. Die Wohnung hatte zwar keine Küche, doch auf die konnte Strindberg leicht verzichten, da er seine Mahlzeiten aus einem nahegelegenen Restaurant kommen ließ.
Strindberg war ein Mensch mit einem großen, jedoch auch unruhigen Geist, der mit gelebten tiefen Beziehungen zu anderen fremdelte. Immerhin gelang es ihm in den letzten Lebensjahren die Zuneigung seiner Landsleute zu erringen, indem er die konservative Regierung öffentlich kritisierte: Am Abend seines 63. Geburtstages jubelten 10.000 Menschen vor seiner Stockholmer Wohnung.

Aus einem Kirchturmfenster lässt August Strindberg in *Glückspeters Reise* (1882) den jugendlichen Peter mit einer Fee in verschiedene Weihnachtsstuben blicken – welch ein raffinierter Kunstgriff, vor allem wenn man bedenkt, dass er in demselben Jahr eine kulturhistorische Chronik Stockholms (*Alt-Stockholm...*) veröffentlicht hatte. Sie blicken
... in ein gutbürgerliches Haus:

> Fee: Siehst du das große Haus am Platz, wo in allen Fenstern Licht ist? Dort lebt der reiche Mann; schau nun in die Räume: Auf dem Tisch steht ein brennender Weihnachtsbaum, beladen mit Geschenken aller Art: Die goldenen Früchte des Südens, die mit den Schiffen über das Meer gekommen sind, die verborgenen Schätze der Erde, zu denen die Menschen kommen, beugen ihre Knie und reflektieren in ihren schimmernden Gewändern die Flammen des Lichts. Aber siehst du das Licht in den Gesichtern der Kleinen; es ist die Sonne des irdischen Lebens, es ist Freude!

... in ein Dachfenster:

> Fee: Jetzt schau da oben im Giebelfenster! – Es brennt eine einzelne Kerze; ein armes, elendes Licht!
> Peter: Die Armut! Ich weiß es! Nein, zeig mir etwas Schönes!

(…)

Fee: Schau immer noch nach dem einsamen Weihnachtslicht! Es strahlt blass, aber es strahlt warm auf dem Tisch der zufriedenen Armut.

… und in ein Schloss:

Fee: Sieh, was für prächtige Kleider, was für funkelnde Kristalle; siehst du, wie die Wände das vervielfachte Licht des Lichts reflektieren und wie mitten im Winter rote Rosen und blaue Lilien ihre Blüten hervorgebracht haben!

Und diese jungen Mädchen mit lockeren Locken gießen den Rotwein in silberne Kelche …

Und nun bringen die weiß gekleideten Köche die Gerichte herein. …

Die Herolde schlagen mit ihren Stäben auf den Boden, die Trompeten ertönen …

16

Die Elemente von Weihnachten

In den Schilderungen der Autoren und Autorinnen kann Weihnachten ein Gesamtkunstwerk sein mit einer Vielzahl von Bestandteilen, die erst im Zusammenhang ihren „Zauber" entfalten und ein großes Weihnachtsbild beschreiben. Es kann aber auch Weihnachten sein oder werden, wenn das Fest auf ein oder zwei Elemente reduziert wird. Vielleicht gibt es nur ein paar Zweige, an denen ein Strohstern hängt – auch das kann Weihnachten bedeuten. Das liegt daran, dass Details mit einer überhöhenden Bedeutung versehen sind. Jeder mag es anders formulieren: „Weihnachten ist, wenn …". Die Antwort variiert in Abhängigkeit von den Lebensumständen, die einer stetigen Veränderung unterliegen.
Es finden sich Motive, die dem historisch bäuerlichen Umfeld der Skandinavier zuzurechnen sind (Dunkelheit, Winter, Landleben), wie auch solche, die charakteristisch sind für Weihnachtsfeiern in christlich geprägten Regionen, wie der Tannenbaum, seine Dekoration oder der Bezug zu Jesu Geburt. Weihnachtsgeschenke sind fast immer ein Muss. Außerdem gibt es spezifisch skandinavische Beiträge wie das Licht (als Kontrapunkt zur Dunkelheit), die Speisen und Getränke, die das Fest kulinarisch begleiten, die Wichtel oder den Tanz um den Baum. Aber unter all das fröhliche, strahlende, gemeinschaftliche Weihnachtserleben mischen sich auch Themen wie Einsamkeit, Skepsis, Traurigkeit und Tod.

Das Fest im Winter

Letztlich beziehen sich fast alle Elemente des skandinavischen Weihnachtsfestes auf die kalte, dunkle, lebensfeindliche Umgebung. Ob es sich um Kerzen, Licht, das Weihnachtsessen oder den Weihnachtsbaum handelt – das alles sind Gegenentwürfe im Haus- oder Wohnungs-Inneren zu Dunkelheit, Frost, Wind und Schnee.

Will man eine Geschichte erzählen, die eine zu Weihnachten passende Winterstimmung erzeugt, dann beginnt man diese am besten so, wie das die skandinavischen Schriftsteller:innen allesamt im Repertoire haben:

Knut Hamsun zeichnet in *Weihnachtsschmaus* folgendes Winterbild:

> Ein großer Schlitten fährt in schneller Fahrt auf der Straße dahin, und die Schellen klingeln. Es ist Frostwetter, Schnee und sternenklarer Himmel.

Während Marie Hamsun in *Die Langerudkinder im Winter* die Einsamkeit und Stille eines Hofes in der bedeckten Natur beschreibt mit Spuren, die Hasen im Schnee hinterlassen, erzählt Karen Blixen in *Alkmene* wie Ende Dezember ein solcher Schneesturm durch die Stadt fegt, dass alle Wege in Schnee gehüllt werden und man die Türen nicht mehr öffnen kann.

Hans Christian Andersen (*Das kleine Mädchen mit den Schwefelhölzern*) zeigt die bedrohliche Seite des Winters:

Es war so grausam kalt; es schneite und es brach ein dunkler Abend an.

Auch August Strindberg skizziert in *Inferno* ein existenzielles Szenario, welches sich vor dem nasskalten Winterwetter abspielt:

Die Szene von Weihnachten wiederholt sich ... Wer spielt mir diese hinterlistigen Streiche, sobald ich mich von Welt und Menschen trenne? Irgend jemand hat mich in diese Falle gebracht! Wo ist er, ich will mit ihm kämpfen! Im Augenblick, da ich zu laufen beginne, geht ein mit schmutzigem Schnee gemischter Regen nieder ... Im Hintergrund einer kleinen Straße zeichnet sich ein großes, kohlschwarzes Tor gegen das Firmament ab, ein Zyklopenwerk, ein Tor ohne einen Palast, das sich auf ein Meer von Licht öffnet.

Eine bürgerliche, gemütliche Behaglichkeit (eine vermeintliche ...) im häuslichen Inneren beschreibt dagegen Henrik Ibsen (Bühnenbild *Nora oder ein Puppenheim,* 1. Akt):

Ein gemütlich und geschmackvoll, aber nicht luxuriös eingerichtetes Zimmer. Rechts an der Seitenwand weiter zurück eine Tür und an derselben Wand weiter nach vorn ein Kachelofen, vor dem ein paar Lehnstühle und ein Schaukelstuhl stehen. ... Teppich durchs ganze Zimmer. Im Ofen ein Feuer. Wintertag.

Dunkelheit und Licht

Das Licht im Dunkeln ist eines der zentralen Elemente des skandinavischen Weihnachtsfestes. Es scheint umso heller, je dunkler es draußen ist. Mit Lichtern erhellt wird nicht nur das Innere der Wohnung oder des Hauses; auch in den Fenstern stehen Kerzen, die zeigen: Zuhause ist, wo Licht sichtbar ist. Wenn man im Winter durch skandinavische Straßen geht, dann erleuchten diese Fensterlichter die Dunkelheit mit ihrem warmen Schein. Es werden keine Rollläden heruntergelassen oder Gardinen zugezogen – jeder kann sehen, dass in den Räumen hinter den Fenstern ein Heim ist. Heutzutage sind es vor allem elektrische Lampen (in Schweden immer zwei gleiche!) und vor allem die siebenarmigen konischen Holztreppen, die weit sichtbar leuchten.
Das Licht in den Fenstern kann allerdings auch eine ausgrenzende Funktion haben – für diejenigen, die kein Zuhause habe: So bemerkt *Das kleine Mädchen mit den Schwefelhölzern* (Hans Christian Andersen), das allein und frierend im Schneetreiben unterwegs ist, dass „hinter allen Fenstern die Lichter glänzen".
Bis jeder Haushalt mit Strom versorgt wurde und somit durch elektrische Leuchten viel mehr Licht brannte, hatte es gedauert: Das erste schwedische Elektrizitätswerk versorgte ab 1884 in Göteborg rund 1000 Straßenlaternen gelegentlich mit Beleuchtung. Doch bis auch der letzte Hof auf dem Land angeschlossen war, sollten noch Jahrzehnte vergehen – 1930 musste noch im-

mer mehr als jeder zehnte schwedische Haushalt ohne Strom auskommen. Marie Hamsun beschreibt in *Der Regenbogen* die Lebensbedingungen um 1920. Die Familie hatte das Gut Nørholm erworben und war gerade eingezogen: Sie hatten kleine Petroleumlampen an die Wand gehängt. Die Gemeinde hatte den Anschluss an das Stromnetz versprochen, aber es sollte drei Jahre dauern, bis es elektrisches Licht gab. Aber trotz dieser Unannehmlichkeiten schätzte Marie Hamsun das „gelbe, sanfte Licht". Der flackernde Schein einer Petroleumlampe oder einer Kerze hat eben eine besondere Hygge-Qualität, die durch elektrische Lichter nur bedingt zu erzeugen ist, und deswegen gehören sie unbedingt zu Winter und Weihnachten, in Skandinavien besonders.
Während in Deutschland der jährliche Kerzen-Pro-Kopf-Verbrauch mit 2,4 Kilogramm beziffert wird, liegt er in Dänemark bei 4,3 Kilogramm. In Skandinavien waren/sind die Kerzen üblicherweise aus Stearin (statt aus Paraffin, Talg oder Bienenwachs), die mit einer hohen Flamme und angenehmem Licht brennen. Eine besonders charakteristische Kerzen-Form ergibt sich dadurch, dass sie „gezogen", also durch häufig wiederholtes Eintauchen der Dochte in flüssiges Wachs hergestellt werden. Mit diesem Verfahren kann man auch mehrarmige Kerzen produzieren, indem man mehrere Dochte miteinander verbindet. Während in Deutschland in der Adventszeit langsam eine Steigerung der Helligkeit vollzogen wird, die mit den Lichtern des Weihnachtsbaums um ein Vielfaches zunimmt, steigen die Skandinavier nach einem ebenfalls zaghaften Start gleich mit einem erleuchtenden Paukenschlag in die eigentliche Weihnachtszeit ein, wenn am 13. Dezember mit der Lucia-Kerzen-Krone das Licht (Dänisch und Norwegisch „lys", Schwedisch „ljus") gefeiert wird: zuhause, in den Kirchen, in Behörden und Firmen, aber auch auf den Straßen und Plätzen: Das Licht kehrt zurück!

*

Selma Lagerlöf und die Dunkelheit

Das Gedicht *An die Dunkelheit*, welches Selma Lagerlöf 1891 schrieb, spielt mit dem Kontrast von Dunkelheit und Licht. Die Skandinavier sind dieser Düsternis einen ganzen langen Winter ausgesetzt, und es wird vor über 130 Jahren schwieriger als heute gewesen sein, damit umzugehen. Selma Lagerlöf beschreibt eindrucksvoll, wie man die Dunkelheit annehmen kann, ohne nach dem Licht zu suchen:

So dunkel ist mein Raum in dieser Winternacht,
Dieses Stückchen Himmel, das ich zwischen engen Mauern seh,
zeigt keinen der strahlenden Sternenhelden.
Kein Sirius, kein Aldebaran zieht dort seine Bahn.
Und die einsame Laterne, die am schwankenden Haken hängt
dort unten im Hof, ist gelöscht.
Wie wünschte ich mir doch, ihr Licht möge scheinen zu mir herauf!
Geschehe dies, was bedeuten mir die Lichter der Erde?
Zuweilen sehe ich die Mauer dort drüben weiß im Mondenschein,
Doch nicht erfreut es mich, nicht will ich darin baden.
Das Dunkel ist mir lieb, ich entweihe es nicht mit Lampen und Kerzen.
Das Dunkel ist gut wie die Umarmung eines Freundes.
Das Dunkel ist wie eine selige Ruhe, wie ein warmes Bad.
Es umhüllt mich mit schmeichelnd duftenden Wogen.
Was ist die Tiefe des Meeres gegen die der Dunkelheit!
Welch Glück bedeutet es, hinabzusinken in das furchtbare, lockende Dunkel der Nacht.

Lagerlöfs Empfinden entsprach dem Zeitgeist: Die Dunkelheit war ein beliebtes Motiv in der Kunst – in der Literatur und vor allem auch der Malerei besonders um die Jahrhundertwende: Dunkelheit wird assoziiert mit Dingen, die Angst machen, die nicht greifbar sind, mit Tod, wilden Tieren und Schatten: einerseits furchteinflößend, andererseits psychologisch herausfordernd. Seit der Elektrifizierung, die das Licht immer verfügbarer macht, nimmt allerdings der Anteil der Dunkelheit ständig ab. Dabei kann sie das Leben bereichern. Der Beitrag von Selma Lagerlöf ist nur einer von vielen (eine umfangreiche Kulturgeschichte der Dunkelheit findet man bei Nina Edwards: *Darkness. A Cultural History* und Lisa-Viktoria Niederberger: *Dunkelheit. Ein Plädoyer*).

Wintertage mit wenig Hell und viel Dunkel bei Henrik Ibsen

Jeder der drei Akte des Dramas *Nora oder ein Puppenheim* findet zu einer anderen Tageszeit statt. Das Stück spielt in der Weihnachtszeit, beginnend am Heiligen Abend, in einer Stadt Norwegens, wie sie Ibsen in Skien und Bergen kennengelernt hatte. Im Winter sind die Tage sehr kurz: Der Sonnenaufgang in Bergen ist um 9.45 Uhr, Sonnenuntergang ist um 15.30 Uhr.
Im ersten Akt kommt Nora um die Mittagszeit von ihrem Einkaufsbummel zurück.

> Nora: Tu den Tannenbaum gut weg, Helene. Die Kinder dürfen ihn keinesfalls vor heute abend sehen, wenn er geputzt ist.

Im zweiten Akt, als das Problem um den ihrem Mann verschwiegenen Schuldschein langsam Fahrt aufnimmt, bemerkt Nora in einem Gespräch (mit dem Hausarzt), dass es langsam dunkel wird.

> *Während des Folgenden beginnt es zu dunkeln.*
> (...) Nora: Jetzt ist's hier so dunkel.
> (...) Nora in der Tür zum Vorzimmer: Helene, die Lampe.

Der dritte Akt beginnt kurz vor Mitternacht

Helmer: Da ist ja dunkel (…) *Er geht hinaus und zündet einige Kerzen an.*

Ganz subtil folgt das „Vom Hellen ins Dunkel“ dem Gefühlszustand der Nora Helmer, die möglicherweise durch ihren radikalen Schritt, die Familie zu verlassen, eine Chance hat, zum Licht zurückzukehren.
Im Übrigen scheint Henrik Ibsen zu der Gruppe der „Winterdepressiven“ gehört zu haben. Da kam ihm der Umzug aus dem oft dunklen, kalten und regnerischen Norwegen in das warme, sonnige Italien im Jahr 1864 sehr gelegen, und in mehreren Werken (*Kaiser und Galiläer, Gespenster* und *Wenn wir Toten erwachen*) beschreibt er die Kluft zwischen dem Glück im Licht und den traurigen, unglücklichen, dunklen Aspekten des Lebens.

Der Lucia-Tag und Selma Lagerlöfs *Lucia-Legende*

Bis zur gregorianischen Kalenderreform 1752 markierte der Lucia-Tag den kürzesten Tag im Jahr, so dass dieser Festtag in der Tradition der Wintersonnenwend-Feiern steht. Gefeiert wird also der Tag, ab dem die Tage wieder länger werden, ab dem das Licht Tag für Tag zurückkehrt. Namensgebend war die Heilige Lucia von Syrakus, die sehr wahrscheinlich um 300 n. Chr. lebte. Seit dem 5. Jahrhundert lassen sich eine Reihe von Legenden, die sich um ihr Leben ranken, nachweisen. Für das skandinavische Lucia-Brauchtum ist diejenige von Bedeutung, in der sie nachts in Katakomben hinabsteigt, um verfolgten Christen Essen zu bringen. Um die Hände frei zu haben und gleichzeitig den Weg zu beleuchten, befestigte sie die Kerzen auf einem Kranz, den sie auf dem Kopf trug.

Bei den Lucia-Feiern, die zunächst in Westschweden ab dem Beginn des 19. Jahrhunderts zelebriert wurden, gesellte sich zu der Feier der längsten Nacht und der Lichterköniginnen-Symbolik auch ein besonders üppiges Frühstück – mit Schweinefleisch, Würsten, einem besonderen Brot (heute: Lussekatt) und Branntwein oder Glögg. Als dann auch bürgerliche Kreise begannen, Lucia zu begehen, wurde die alkoholische Komponente durch Kaffee ersetzt. Lucia wurde immer populärer, erst in ganz Schweden, dann (allerdings etwas weniger bedeutsam) auch in Norwegen und Dänemark – auch als jahreszeitlicher Kontrapunkt zu den Mittsommer-Feiern.

Seit vielen Jahrzehnten zeigt sich nun am Lucia-Tag folgendes Bild: Sehr früh am Morgen schreitet ein Mädchen mit einem weißen langen Kleid, einem roten Band um die Taille und dem obligatorischen Kerzenkranz (heute elektrisch) durch die Wohnungen, Büros, Kindergärten und Schulen (in Kirchen nachmittags oder abends). Bei nicht-häuslichen Feiern wird sie begleitet zum einen von anderen Mädchen mit Haarkränzen und zum anderen von männlichen Sternsingern (hier mischt sich das Brauchtum von Lucia mit dem des Dreikönigstages).

Man singt nach einer italienischen Melodie:
in Schweden *Natten går tunga fjät runt gård och stuva ...* (Deutsch: Mit schweren Schritten geht die Nacht um Haus und Hof ...),
in Norwegen *Svart senker natten seg i stall och stue* (Deutsch: Schwarz senkt sich die Nacht auf Stall und Stuben)
und in Dänemark *Nu bæres lyset frem stolt på din krone* (Deutsch: Jetzt trägst du das Licht stolz auf deiner Krone).

Ursprünglich war es ein neapolitanisches Fischerlied, welche das Hafenviertel Borgo di Santa Lucia im Golf von Neapel besang und eine Einladung enthielt, in den kühlen Abendstunden eine Bootsfahrt zu unternehmen. Heute ist das Lied ein Beispiel dafür, dass ein einzelnes weihnachtliches Element für das (vor)weihnachtliche Ganze stehen kann. Erklingt die Melodie, dann sieht man die Lucia mit der Lichterkrone durch die Dunkelheit schreiten ...

Selma Lagerlöf erinnert sich an die Lucia-Feiern ihrer Kindheit (in einem Nachtrag zu der *Lucia-Legende*):

> Am 13. Dezember, in früher Morgenstunde, wenn Kälte und Dunkelheit auf Värmland lasteten, kam noch in meiner Kindheit die heilige Lucia von Syrakus in alle Häuser ... Sie trug noch immer, zumindest in den Augen der kleinen Kinder, ein Kleid aus weißem Sternenlicht und in den Haaren einen Kranz aus brennenden Lichtblumen, und sie weckte die Schlafenden mit einem warmen duftenden Trunk aus ihrer Kupferkanne.
>
> Ich kannte keinen schöneren Anblick, als wenn die Tür sich öffnete und die heilige Lucia in die Dunkelheit der Kammer trat. Und ich wünschte mir, sie hörte niemals auf, sich auf den värmländischen Höfen zu zeigen. Denn sie ist das Licht, das die Dunkelheit besiegt, sie ist die Legende, die das Vergessen überwindet, sie ist die Herzenswärme, die die gefrorenen Stellen mitten im Winter angenehm und sonnig werden lässt.

Selma Lagerlöf verwandelte diese Erinnerung in eine Legende, eine Weihnachtserzählung mit religiösen Aspekten. Sie war allerdings nicht besonders gläubig und äußerte (in einem Brief aus dem Frühjahr 1897, gefunden bei Holger Wolandt): „Im Grunde meines Herzens sind mir Prinzipien äußerst gleichgültig, ich lasse mich auf den Katholizismus und was auch immer ein, solange die Menschen in interessante, ergriffene Stimmungen geraten. Ich kümmere mich an sich um Sozialismus oder die Friedensfrage ..."

Sie war aber auch keine Atheistin, wie Barbara Thoma in ihrer Lagerlöf-Biografie ausführt; sie lebte mit einer eigenen Religion, die sich aus ein wenig Spiritismus und Mystik und einer fast kindlichen Gläubigkeit speiste. In die Kirche ging sie nur zu besonderen Anlässen.

Es wurde ihr Markenzeichen (und garantierte eine breite Leserschaft), dass sie bereits existierende Erzählungen und Geschich-

ten unterschiedlichster Herkunft mit Kindheitserinnerungen und Folkloreelementen mischte.
1896, dem Jahr, in dem Selma Lagerlöf Italien bereist hatte, erschien die *Lucia-Legende* in der *Värmländischen Weihnachtszeitung.* Sie erzählt von dem verwitweten reichen Kaufmann Eskil und den acht Kindern, seiner hartherzigen, intriganten Schwiegermutter Rangela und deren gutherziger, gottesfürchtiger Nichte Lucia. Sie wird die zweite Frau von Eskil und beweist ein Herz für alle Armen, Kranken und Schwachen (verteilt Essen unter Einsatz eines Bootes ...). Es kommt, wie es kommen muss: Rangela verunglimpft Lucia, Eskil glaubt ihr, Lucia ist in großer Seelennot und in einer ausweglosen Lage, aber dann – noch dazu in der Nacht vor dem Lucia-Tag – erscheint und hilft ihr die Heilige Lucia von Syrakus:

> Und als die Tür darauf geöffnet wurde, trat zu ihrem Erstaunen und ihrer Freude eine schöne Jungfrau, gewandet in Kleider so weiß wie Sternenlicht, ins Zimmer. Ihre langen schwarzen Haare waren zu einer Girlande gebunden, aber daran saßen keine Blätter und Blüten, sondern kleine blinkende Sterne. Diese Sterne erleuchteten die ganze Kammer, und doch schien es Frau Lucia, dass ihr Licht sich nicht mit dem in den Augen der schönen Fremden vergleichen lassen konnte, denn die waren nicht nur vom klarsten Glanz, sondern strahlten zudem himmlische Liebe und Barmherzigkeit aus.

Die Geschichte nimmt ein gutes Ende: Rangela wird verstoßen, und Eskil und Lucia leben bis zum Ende ihrer Tage mit den acht Kindern ... (und dann werden sogar noch in allen Kirchen und Kapellen auf den Ländereien Altäre für die heilige Lucia von Syrakus errichtet).

Hans Christian Andersen und die Streichhölzer

Kein Kerzenschein ohne eine Flamme, die sie anzündet. Zwar war das Feuerzeug bereits Anfang des 19. Jahrhunderts erfunden worden, doch nutzt(e) man zum Anzünden der Kerzen meist Zündhölzer, das heißt mit einem brennbaren Material ummantelte Holzstäbchen. Als Holz eignet sich Tannen-, Fichten-, Espen- oder Pappelholz. Die Köpfe dieser Hölzchen wurden damals mit Phosphor oder Schwefel angestrichen. Schwefelhölzer gibt es seit dem 15. Jahrhundert. Sie konnten einfach – das heißt auch in Heimarbeit – hergestellt werden und hatten den Vorteil, dass man sie an jeder rauen Fläche entzünden konnte. Allerdings genügte auch die Reibung der Schwefelköpfchen aneinander, um eine Flamme zu erzeugen, was sie nicht ganz ungefährlich machte.

In Hans Christian Andersens Erzählung von dem *Kleinen Mädchen mit den Schwefelhölzern* (1848) liegt tatsächlich der Fokus auf jenen Zündhölzern: Für eine sehr kurze Zeit können sie Licht und Wärme erzeugen, aber nach ihrem Erlöschen erscheint die Dunkelheit noch dunkler, wenn keine Kerze angezündet wird. Aus seiner Jugend – und auch aus Erzählungen seiner Mutter, die in ihrer Kindheit vermutlich betteln musste – wusste Andersen, wie sich Armut, Kälte und Einsamkeit anfühlen. In seiner Erzählung geht ein kleines Mädchen am Silvesterabend durch die Straßen – barfuß und ohne Mantel.

> In der Schürze trug sie eine Menge Schwefelhölzer und ein Bund in der Hand. Diese hatte ihr Vater selbst gemacht, und die sollte sie verkaufen. Aber den ganzen Tag hatte niemand ihr etwas abgekauft und niemand hatte ihr ein Geldstück geschenkt. (...) Hinter allen Fenstern glänzten die Lichter ... In einem Winkel zwischen zwei Häusern setzte sie sich hin ... Ihre kleinen Hände waren vor Kälte fast abgestorben. Ach!

Ein einziges Schwefelhölzchen würde so gut tun! Nur eines, um sich die Finger daran zu erwärmen! Sie zog ein Schwefelhölzchen aus dem Bund und – ritsch! Wie das sprühte und zischte! Es war eine warme Flamme, ein helles Licht, an dem sie ihre Hände wärmte. Es war ein wundersames Licht. ...

Sie strich ein zweites Hölzchen an, das glänzte, das leuchtete, und wo sein Schein auf die Wand fiel, da wurde die Mauer durchsichtig. Sie sah in die Stube hinein ... (Anm.: und erblickte einen gedeckten Tisch) (Es) erlosch auch das zweite Hölzchen, und es war nur die dunkle kalte Mauer zu sehen. Sie zündete noch ein Hölzchen an ...

(und noch eines und noch eines. Das Mädchen fantasierte im Schein der Zündhölzer einen geschmückten Tannenbaum am Heiligen Abend und ihre verstorbene Großmutter).

Und sie strich hastig alle Schwefelhölzchen an, die sie hatte, denn sie wollte die Großmutter recht lange festhalten. Und die Schwefelhölzer leuchteten so stark, dass es heller war als am lichten Tag. ...

Im Winkel zwischen zwei Häusern saß in der kalten Morgenstunde das kleine Mädchen ... Es war tot. ... das kleine Mädchen saß da, die abgebrannten Schwefelhölzer in der Hand.

Nahezu zeitgleich mit der Entstehung des Märchens wurden in Schweden die sogenannten Sicherheits-Streichhölzer erfunden (1844). Deren Zündholzkopf enthält auch noch Schwefel (als Reduktionsmittel) sowie Kaliumchlorat (als Oxidationsmittel). Die Reibefläche enthält Glaspulver und roten Phosphor. Streicht man mit dem Zündholzkopf über die Reibefläche, reiben sich dort Spuren des Phosphors ab, der mit dem Kaliumchlorat zündet. Die schwedische Zündholzindustrie erlebte einen ungeheuren Aufschwung und wurde Weltmarktführer. Heute produziert sie täglich 200 Millionen Zündhölzer, die sie unter 175 Handelsnamen verbreitet.

1936 wurde in Stockholm „Solstickan" gegründet, eine Stiftung, die den Erlös des Verkaufes von Streichhölzern für Kinder in

Not verwendete. Heutzutage unterstützt „Solstickan" die pädiatrische Forschung. 98 Prozent aller in Schweden verkauften Streichhölzer führen zu einer jährlichen Spenden-Summe von 1,5 Millionen SEK (etwa 150.000 Euro).

Weihnachts-vorbereitungen

Wenn man Weihnachten als Fest feiern möchte mit Weihnachtsbaum, Geschenken und gutem Essen, wenn man möglicherweise auch noch Gastgeber sein möchte (oder muss) für Familienmitglieder oder Freunde, wenn das Zuhause blitzsauber und geschmückt aussehen soll, dann bedeutet das – heute wie gestern – in den meisten Fällen ein ziemliches Pensum für die Hausfrau und Mutter, auch wenn die Aufgaben inzwischen in vielen Familien geteilt werden. Die eigentlich als besinnlich gedachte Adventszeit gestaltet sich stattdessen oft als wochenlange Herausforderung, um rechtzeitig am 24. Dezember auch „bereit" zu sein. Das Fest an Weihnachten ist dann aber auch so besonders, weil eben viel Mühe aufgewendet wird. In Skandinavien – ursprünglich in den traditionell, ländlich geprägten Regionen, mittlerweile auch in den Städten – sind die Vorbereitungen explizit Teil der Weihnachtsfreude. Zeilen wie diese in *Nils Holgersson* von Selma Lagerlöf sind ein Markenzeichen für Schilderungen der Vorweihnachtszeit durch skandinavische Autor:innen:

> (Das) war genau das Zeichen dafür, dass sie in den nächsten zwei Wochen nicht mit viel Schlaf rechnen konnten. Jetzt mussten sie Weihnachtsbier brauen und Fisch braten sowie Weihnachtsbäckerei und Weihnachtsputz organisieren.

Vielfach erinnern Beschreibungen an bäuerliche Traditionen wie das Errichten der Weihnachtsgarben, der Getreidebündel für die Vögel, am Weihnachtstag. In Norwegen gibt es mit „Julenek“ sogar eine Bezeichnung dafür. Die Getreidebüschel sollten groß und aus bestem Getreide sein sowie zum richtigen Zeitpunkt aufgehängt werden. Der Besuch von Spatzen, Kohlmeisen und Gimpeln verhieß eine gute Ernte, wohingegen größere Vögel wie Elstern eher unwillkommen waren. Interpretiert wird diese Weihnachtstradition volkskundlich als heidnischer Brauch, um böse Geister fernzuhalten oder als Winteropfer für den nordischen Gott Odin.
Marie Hamsun erzählt in *Die Langerudkinder im Winter* vom Aufstellen der Garben für die Spatzen, vom Bestreichen breiter Späne mit Talg und dem zahlreichen Besuch der Vögel, welche die Garben umschwirrten.
In Selma Lagerlöfs *Weihnachtsgast* schimpft der Gutsherr, dass

> ... keine Garbe für die Sperlinge hingelegt worden sei, und er beklagte sich laut, dass alle Weiber seines Haushaltes alte Bräuche fallen ließen und neumodisch und herzlos seien.

Ein gewisses – städtisches – Kontrastprogramm der vorweihnachtlichen Geschäftigkeit zeigt August Strindberg. 1882 veröffentlichte er zusammen mit Claës Lundin (1825–1908), einem schwedischen Journalisten und Schriftsteller, unter dem Titel *Alt-Stockholm* eine Chronik der Stadt seit 1500 (das Werk erschien in Einzelheften). Im Kapitel „Feste. Weihnachten ...“ findet sich eine Vielzahl von Bräuchen und Traditionen. Strindberg hatte auf legendären Morgenspaziergängen die Augen offen gehalten und Keller und Dachböden untersucht. Zwar handelt sich eher um eine persönliche Auswahl als um eine wissenschaftliche Abhandlung, aber dennoch gibt sie einen Einblick, wie man sich das Alltagseben der bürgerlichen Gesellschaft – und in diesem Kontext speziell die Weihnachtsvorbereitungen – Ende des 19. Jahrhunderts in der schwedischen Hauptstadt vorstellen kann.

Seit einigen Jahrzehnten begann sich Stockholms Weihnachtsfest anzukündigen in der letzten Woche im November, wenn man am ersten Adventssonntag festliche Lieder wie den Adventspsalm „Macht hoch die Tür" oder „Bereite dem Herrn den Weg" sang. (…) Am ersten Sonntag im Dezember ruft man die Kinder der alten Bürgerhäuser zusammen und öffnet die Spardosen; der Erlös gibt einen Einblick in die Sorgfalt der Besitzer im vergangenen Jahr. Der gesparte Betrag wurde zusammengezählt, ein Teil wurde an ältere Mitglieder des Hauses verteilt und berechnet, wie viel für Weihnachtsgeschenke zur Verfügung stand … die geheimnisvolle Atmosphäre der Weihnachtszeit war zu spüren.
(…) aber nun zu den Geschenken: auf dem Weihnachtsmarkt am Gustav Adolfs Torg gibt es ein riesiges Angebot (…): unnötige und lustige Exemplare von Zinnsoldaten, Kaleidoskopen, Schachteln mit bemalten Häusern, Menschen und Tieren, Küchenutensilien, Möbeln (…)

Der Heilige Abend, 24. Dezember

Der eigentliche Höhepunkt des Weihnachtsfestes ist vielerorts der Abend des 24. Dezember – auch wenn die Kirche diesen eher bei den beiden Weihnachtsfeiertagen sieht und die Lebenswirklichkeit vieler Menschen heutzutage von dem klassischen Ablauf mehr oder weniger stark abweicht.
Zunächst heißt es an diesem Tag noch, sich in Geduld zu üben – es ist jene Mischung aus Warten und Erfüllung, die diese Stunden für die Kinder so kostbar macht:

> Wenn es nur nicht zu lange dauerte. Wenn bloß der Vater das Weihnachtsevangelium ein bisschen schnell lesen und sich nicht lange mit dem Tischgebet aufhalten wollte!
> Aber alles dauerte seine gewohnte Zeit, sogar die Mieze saß unter dem Tisch und wartete und miaute jämmerlich. …

(Marie Hamsun, *Die Langerudkinder im Winter*)

> Es ist noch früh am Nachmittag, aber unten in der Wohnstube ist der Christbaum schon geschmückt, und der Weihnachtsmann war bereits da, das kann jeder sehen. Um aber die drei kleinen Hauptpersonen mit ihrer Geduld nicht unnötig auf die Probe zu stellen, sollen nun die Lichter angezündet werden.

(Marie Hamsun, *Der Regenbogen,* Weihnachtsabend)

Dann aber kann sich (idealerweise) der Weihnachtskosmos entfalten: der geschmückte Baum, die entzündeten Kerzen, die Geschenke, die Weihnachtsmusik, die besonderen Speisen und Getränke, der Kirchgang und das gemeinschaftliche Erleben (da unterscheiden sich skandinavische und deutsche Weihnachten nicht grundlegend).
Das Bild von Weihnachten ist jedenfalls geprägt von Schilderungen wie diesen:

> Am Weihnachtsabend stand ein herrlicher geschmückter Tannenbaum in dem alten Rittersaale, wo das Feuer in den Kaminen brannte und Tannenzweige um die alten Bilder gehängt waren. (...) Auch in der Gesindestube stand ein großer Tannenbaum mit brennenden roten und weißen Lichtern, kleinen Danebrogsfahnen, ausgeschnittenen Schwänen und Fischnetzen aus buntem Papier, mit Zuckerwerk gefüllt.

(Hans Christian Andersen, *Der Krüppel*)
Auch in dem Märchen *Zwölf mit der Post* skizziert Andersen alles das, was den Heiligen Abend ausmacht:

> Das Großmütterchen ... trug einen Blumentopf mit einem kleinen Tannenbäumchen im Arm. „Das will ich pflegen und warten, damit es bis zum Weihnachtsabend groß wird und mit brennenden Kerzen, vergoldeten Äpfeln und anderem glänzenden Schmuck verziert vom Boden bis zur Decke reicht. (...) Ich ziehe dann mein Märchenbuch aus der Tasche und lese den Kindern vor, so dass alle Kinder in der Stube ganz still, die Püppchen auf dem Baume aber lebendig werden und der kleine Wachsengel oben an der Spitze seine Flügel aus Flittergold bewegt, von dem großen Baume herunterfliegt, Groß und Klein im Zimmer auf die Stirne küsst; ebenso die armen Kinder, die vor der Türe stehen und das Weihnachtslied von dem Stern über Bethlehem singen.

Wie kurz und vergänglich der Moment allerdings ist, auf den man wartet und den man vielleicht ein Leben lang als Erinnerung behält oder behalten möchte, beschreibt der dänische Autor in *Der Tannenbaum*:

> Jetzt wurden die Kerzen angezündet. Welch ein Glanz, welche Pracht, die Zweige des Baumes erbebten so, dass eine Flamme aufloderte, das brannte heftig. „Gott bewahre uns!“, schrien die Fräulein und löschten den Brand in aller Hast.

Der Weihnachtsbaum

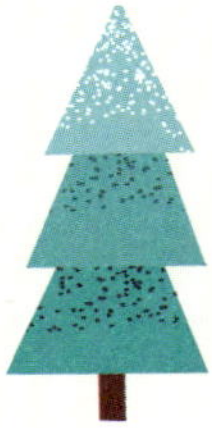

In Dänemark werden jedes Jahr 12 Millionen Weihnachtsbäume produziert, das heißt geschlagen, von denen 10 Millionen exportiert werden (5 Millionen davon nach Deutschland). Norwegen kann zwar praktisch keinen Baumexport vorweisen und importiert sogar Bäume aus Dänemark, liefert jedoch jedes Jahr seit 1947 eine über 25 Meter hohe Fichte nach London (angeblich der berühmteste Weihnachtsbaum der Welt) – als Dank für die Unterstützung im Zweiten Weltkrieg durch die Briten. Allerdings ist das Aufstellen eines Nadelbaumes zur Weihnachtszeit definitiv eine deutsche Erfindung. Die Tradition entwickelte sich zunächst in den reichen Gemeinden des Elsass im 16. Jahrhundert, breitete sich dann 200 Jahre lang in protestantischen Adelshäusern aus, um dann im 19. Jahrhundert in vielen Ländern Ausdruck einer bürgerlichen Lebenswelt zu werden und schließlich seit etwa 1900 in fast jedem Haushalt Einzug zu halten.
Der erste geschmückte schwedische Weihnachtsbaum stand (vermutlich) im Herrenhaus Stora Sundby in Södermanland 1741, der erste dänische Weihnachtbaum 1808 in Schloss Holsteinborg auf der dänischen Insel Seeland (dort war Hans Christian Andersen ab 1850 mehrfach zu Gast). Die norwegische Weihnachtsbaumtradition begann um 1820 (erster bekannter

norwegischer Weihnachtsbaum in den 1820er-Jahren in Kristiania, dem heutigen Oslo).
Aufgrund der beengten Platzverhältnisse kauften viele Arbeiter allerdings kleinere Tischbäume oder benutzten Besenstiele mit daran befestigten Zweigen – heute werden mehr und mehr künstliche Exemplare verkauft.
Üblicherweise waren/sind es Tannen, die zum Weihnachtsbaum wurden/werden, aber auch andere Nadelbäume wie Fichten oder Kiefern wurden/werden genutzt. Hamsuns erster Weihnachtsbaum war 1911 eine Kiefer – Marie Hamsun nannte Nachbarn, die sich Tannen schicken ließen, „närrisch" (*Der Regenbogen*).

Der Tannenbaum von Hans Christian Andersen

Mit der Erzählung *Der Tannenbaum* (1845) errichtete Andersen der Weihnachtstanne ein Denkmal, gleichzeitig schrieb er ihr Leib und Seele zu. Aus der Sicht des Baumes erzählt er zunächst von seiner Existenz als Baum in botanischer Hinsicht:

> Draußen im Wald stand ein überaus niedlicher kleiner Tannenbaum. Er hatte einen guten Platz, der reichlich von Sonne beschienen war, und ausreichend Luft bekam er auch. … Im folgenden Jahr war er um eine Astreihe gewachsen und das Jahr darauf noch um eine weitere, denn bei den Tannenbäumen kann man immer an ihren vielen Astreihen sehen, wie viele Jahre sie alt sind. Er wuchs und wuchs, im Winter wie im Sommer war er grün. Dunkelgrün stand er da, und die Leute, die ihn sahen, sagten: „Das ist ein schöner Baum!"

Mit dem Fällen des Baumes beginnt die Tanne ein Weihnachtsbaum zu werden:

> Und zur Weihnachtszeit wurde er von allen zuerst gefällt. …

> Er war betrübt, von der Heimat Abschied zu nehmen zu müssen … Der Baum kam erst wieder zu sich, als er im Hof mit all den anderem Bäumen abgeladen wurde und einen Mann sagen hörte: „Dieser hier ist prächtig. Diesen hier wollen wir!“

Seinen großen Auftritt hat der Baum am Weihnachtsabend, wenn die Lichter angezündet werden und die Familienmitglieder ins Wohnzimmer stürmen, sie um den Baum tanzen und die an den Zweigen versteckten Geschenke suchen. Aber nach einigen Stunden ist es auch schon vorbei mit der Pracht:

> Niemand sah mehr nach dem Baum, nur noch das alte Kindermädchen, das zwischen die Zweige blickte. Doch das geschah nur, um zu sehen, ob die Kinder nicht doch eine Feige oder einen Apfel vergessen hatten.

Schon ein paar Tage später wird der Baum auf den Dachboden gebracht und schließlich als Feuerholz entsorgt. Den Gipfel der Demütigung erfährt er durch ein Kind, das an dem vertrocknenden Baum vorbeiläuft und den vergessenen Goldstern an der Spitze abreißt:

> „Seht, was da noch an dem hässlichen, alten Tannenbaum sitzt!“, sagte es und trat auf die Zweige, so dass sie unter seinen Stiefeln knackten.

Weihnachtsbaumschmuck

Der Tannenbaum wurde und wird zum Weihnachtsbaum vor allem durch den Schmuck (und die Kerzen). In *Der Tannenbaum* von Hans Christian Andersen heißt es:

> Sie hängten kleine, aus farbigem Papier ausgeschnittene Körbchen an seine Zweige, und jedes Körbchen war mit Zuckerwerk gefüllt. Vergoldete Äpfel und Walnüsse hingen herab, als wären sie dort gewachsen. Viele Hundert rote, blaue und weiße kleine Kerzen wurden in den Zweigen festge-

steckt. Puppen ... schaukelten in den Ästen und hoch oben auf der Spitze wurde ein Stern aus glänzendem Goldpapier befestigt.

Es ist von Papierkörbchen die Rede – und Papier war im 19. Jahrhundert auch das vorherrschende Material, aus dem skandinavischer Weihnachtsbaumschmuck in häuslicher Bastelarbeit hergestellt wurde: Zunächst hatten Fahnen den Baum geschmückt, bevor ab der Mitte des Jahrhunderts dann auch Papierketten und Körbchen angefertigt wurden. In der zweiten Hälfte des 19. Jahrhunderts wurden vielfach Bögen gedruckt, aus denen man Objekte ausschneiden konnte, die dann den Baum schmückten.

Der ungekrönte „König" der papierenen Weihnachtsbaum-Dekoration war allerdings Hans Christian Andersen: Das ihm ursprünglich zugeschriebene, aus Papierstreifen geflochtene Weihnachtsherz wurde zur Ikone: Zunächst noch ohne Henkel, bald aber mit einer Aufhängung versehen, ist es schlechthin die Dekoration am Weihnachtsbaum, die man mit Süßigkeiten, Konfekt, Rosinen oder anderen Süßigkeiten füllen kann. Ob es allerdings tatsächlich Andersen war, der es erfunden hat, kann abschließend nicht geklärt werden; in jedem Fall hat er solche Herzen hergestellt. Im Hans-Christian-Andersen-Museum in Odense wird ein grün-gelbes Herz gezeigt, welches Andersen in den 1860er-Jahren geflochten haben soll. In Dänemark ist es heute Pflicht und Freude, sich in der Vorweihnachtszeit zu treffen, um die Weihnachtsdekoration anzufertigen („at klippe Julepynt").

Andersen beließ es nicht bei den Herzen; er wurde ein Meister des Scherenschnitts und fertigte Kunstwerke aus Papier: Wenn er als alljährlicher Gast auf dänischen Herrengütern weilte, versammelten sich die Kinder zu seinen Füßen. Während er ihnen Geschichten erzählte, schnitt er mit einer unvorstellbaren Kreativität Engel, Vögel, Sterne und Blumen aus. Diese Objekte gehören ebenfalls zur dänischen Weihnachts-DNA, zumal sie immer

wieder die Weihnachtsmarken (Wohlfahrtsmarken ohne postalischen Wert) zier(t)en.
Auch Henrik Ibsens Weihnachtsbaumdekoration war zunächst eine aus Papier: Erik Henning Edvardsen beschrieb als Direktor des Ibsen-Museums in Oslo in seinem Beitrag *Dedicated to Fun and Games* das Ibsen'sche Weihnachtsfest: „Ibsen war sehr eifrig, den Weihnachtsbaumschmuck auszuschneiden. Er tat das sehr sorgfältig. Es amüsierte ihn, weil er in seiner Jugend Papierhüte und Weihnachtsbaumschmuck hergestellt hatte, die auf dem Markt in Skien verkauft wurden. Allerdings übernahm Ibsens Frau Suzannah im Laufe der Jahre die Dekoration des Baumes: Das Hausmädchen schmückte den Baum mit Kerzen und Baumwoll-Kugeln." (Dies ist, nebenbei angemerkt, eine sehr kostengünstige Idee, zudem sehen Wattekugeln wie Schneebälle aus).
Karen Blixen schmückte den Weihnachtsbaum nach ihrer Rückkehr aus Afrika in Rungstedlund jedes Jahr auf die gleiche Weise, wie sich der Sohn ihrer langjährigen Haushälterin, Nils Carlsen, in einem Interview erinnert: „Normalerweise war es eine grüne Fichte, die bis zur Decke reichte. Sie wurde im Park oder in Folehavegaard abgeholt. Meine Aufgabe bestand darin, auf der Leiter zu stehen, während sie mir die Kerzen und die silbernen Sterne (Anm.: aus Papier – daneben hängte sie wenige silberne Kugeln) reichte, die zusammen mit dünnen Lamettastreifen an den Zweigen aufgehängt werden sollten. – Es gab keine weitere Dekoration, nichts mit bunten Händlerhäusern und Herzen."
Dazu fand sich jedes Jahr ein rotes Weihnachtsspielzeug im Baum. Dasjenige Kind (Neffen und Nichten), welches dieses als Erstes entdeckte, wurde mit einem Kuchen belohnt. Karen Blixens Weihnachtsbaum-Dekoration nahm die dänische Design-Firma Rosendahl zum Anlass, eine Weihnachtsbaumschmuck-Kollektion nach ihr zu benennen („Karen Blixens Jul"), der jedes Jahr neue Stücke hinzugefügt werden.

In *Alt-Stockholm: Notizen aus gedruckten und ungedruckten Quellen*, in dem August Strindberg und Claës Lundin die Alltagskultur der Schweden unter die Lupe nehmen, werden ausführlich alle Aspekte des Weihnachtsfestes abgehandelt. Nachdem die Vorbereitungen abgeschlossen sind, startet man den 24. Dezember mit dem Schmücken des Baumes:

> Endlich kam der Weihnachtsabend. Der Vormittag ist lang, aber aussichtsreich. Der Weihnachtsbaum ist eingetroffen und der Baum hat einen neuen Fuß bekommen. Er wird geschmückt mit bunten Papiersternen und Glaskugeln, und die Enden der Zweige werden mit dünnen Wachskerzen versehen. Nisse und Nasse werden an den höchsten Zweigen aufgehängt und der Julbock und jede Menge Äpfel und Nüsse.

Nisse und Nasse waren zwei sehr beliebte Pfefferkuchenfiguren, die typischerweise ganz oben in den Weihnachtsbaum gehängt wurden. Äpfel und Nüsse sind definitiv Relikte eines bäuerlichen Weihnachts-Brauchtums.

Ein weiteres Objekt, welches skandinavische Weihnachtsbäume ziert, ist der Julbock (Schwedisch; Dänisch: Julebuk, Juleged, Norwegisch: Julebukk, Deutsch: Weihnachtsbock), eine Ziegenbockfigur aus Stroh. Er hat eine komplizierte volkskundliche Geschichte: Zum einen steht er ausgesprochen symbolträchtig als Relikt aus frühen Zeiten für Fruchtbarkeit (und verkörperte den Donnergott Thor). Zum anderen war die Weihnachtsziege im Schweden des späten 19. Jahrhunderts als Geschenkebringer unterwegs – und es war auch durchaus üblich, sich im Advent oder zu Weihnachten zu verkleiden und eine Julbock-Maske zu tragen, wie das auch Selma Lagerlöf beschreibt:

> (Wir) haben den Weihnachtsbaum geschmückt und einen Julbock (einen alten Mann im Wolfspelzmantel) geschmückt.

Wenn man nach seinen Wurzeln sucht, dann findet man den Julbock auch charakterisiert als teuflisches Relikt aus mittelalterlichen Weihnachtsspielen: Luzifer ist ebenfalls ein großes gehörntes Mensch-Ziegen-Wesen. Über den Umweg als strafender

Begleiter des heiligen Nikolaus, dem viele dunkle Gestalten zur Seite gestellt wurden (wie Knecht Ruprecht, Krampus, Schwarzer Peter, Hans Trapp in anderen Regionen), konnte er eine selbstständig agierende Figur werden und dann auch selbst Geschenke verteilen. Aber, wie gesagt, heute ist er eigentlich nur Dekoration – am oder auch neben dem Weihnachtsbaum.

Der Weihnachtsbaumschmuck in *Nora oder ein Puppenheim*

Die Objekte, die zum Schmücken des Weihnachtsbaumes verwendet werden, sind im Übrigen die einzigen weihnachtlichen, denen die Autoren im häuslichen Kontext eine Bedeutung beimaßen. In Henrik Ibsens Drama *Nora oder ein Puppenheim* fungieren sie als Requisiten:

Das Theaterstück, uraufgeführt am 21. Dezember 1879, beginnt am Heiligabend-Morgen. Nora, die Ehefrau des Bankangestellten Torvald Helmer und Mutter dreier Kinder, kommt zu Beginn des ersten Akts nach Hause, nachdem sie einen Tannenbaum und Geschenke eingekauft hatte. Oberflächlich betrachtet ist die (Weihnachts-)Welt noch in Ordnung:

> Hausmädchen: Wo soll er (Anm.: der Tannenbaum) hin, gnädige Frau?
> Nora: Dorthin mitten ins Zimmer.
> Hausmädchen: Soll ich sonst noch was bringen?
> Nora: Nein danke, ich habe alles, was ich brauche. – *Nora beginnt, den Baum zu putzen.* – Hier kommen Lichter hin – und da Blumen. ... Wie hübsch die roten Blumen sich machen.

Kurz darauf wird thematisiert, dass im Jahr zuvor das Baum-Schmücken misslungen war:

> Helmer: Denkst du noch an vorige Weihnachten? Drei liebe lange Wochen vorher hast du dich Abend für Abend bis in die

tiefe Nacht hinein eingeschlossen, um Blumen für den Baum und andere Herrlichkeiten anzufertigen, womit wir überrascht werden sollten. Das war die ödeste Zeit, die ich je erlebt habe.

Nora: Ich habe mich dabei gar nicht gelangweilt.

Helmer (lächelnd): Aber das Ergebnis war doch recht dürftig, Nora!

Nora: Neckst du mich schon wieder damit! Was konnte ich dafür, dass die Katze kam und mir alles kaputtmachte.

Dieser Dialog offenbart grundlegende Probleme zwischen den Eheleuten und das Publikum lernt im ersten Akt die Umstände kennen, die dazu führen, dass Nora am Ende des Stückes ihre Familie verlässt. Jene tragische Entwicklung vorwegnehmend, beginnt der zweite Akt mit der Regieanweisung:

Dasselbe Zimmer, oben in der Ecke steht der Weihnachtsbaum, geplündert, zersaust und mit herabgebrannten Lichtern.

Die Dekoration des Baumes steht für die Rolle, die Nora durch ihren Ehemann zugewiesen wird: Sie ist nur dekoratives Beiwerk. Entfernt man den Schmuck, bleibt die ungeschminkte Realität zurück: Nora ist eigentlich überflüssig und der Weihnachtsbaum ist nach den Festtagen wertlos.

Der Tanz um den Baum

Sich im Kreis an den Händen zu fassen und um den Baum in der Mitte zur Musik zu tanzen, ist eine sehr intensive Art und Weise, Weihnachten zu erleben: Der Tanz um den Baum ist eine Kombination aus gemeinschaftlichem Erleben (allein oder zu zweit funktioniert es nicht), Fröhlichkeit und Musik – und damit das Gegenteil von „Stille Nacht, heilige Nacht“, obwohl auch dieses Weihnachtslied äußerst beliebt in Skandinavien ist. Vor allem aber weist er dem Weihnachtsbaum eine zentrale Funktion

zu. Übrigens zeigt sogar die deutsche Weihnachtsbriefmarke 2024 anlässlich von 200 Jahren *O Tannenbaum* einen Tanz um den Weihnachtsbaum.
Marie Hamsun beschreibt ein Weihnachtsfest in *Die Langerudkinder im Winter*: Nach dem Essen und der Bescherung folgt der Tanz um den Baum am späteren Abend.
Es tanzen die Kinder in Hans Christian Andersens *Der Tannenbaum*:

> ... sie tanzten um den Baum, und das eine Präsent nach dem anderen wurde abgepflückt ...

wie auch die Weihnachtsgesellschaft in Selma Lagerlöfs *Ein Weihnachtsgast*:

> ... Gegen fünf Uhr versammelten sie sich im Esssaal, um Tee zu trinken und um den Christbaum zu tanzen.

Ein besonderer Brauch verdient spezielle Lieder, und so tanzt man heute ...
in ganz Skandinavien zu *Nu är det Julen igen* (Deutsch: Wieder ist es Weihnachten),
in Dänemark zu *Højt fra træets grønne top* (Deutsch: Hoch von der Spitze des Tannenbaums),
in Norwegen zu *So går vi rundt om en enebaerbusk* (Deutsch: So tanzen wir um einen Maulbeerbusch) oder zu *Reven rasker over isen* (Deutsch: Der Fuchs rast über das Eis).
Der Weihnachtsbaum rückt erneut zum Ende der Weihnachtszeit in den Mittelpunkt; dann wird noch einmal um den Baum getanzt und er wird ein letztes Mal gefeiert. Dieses Fest ist vermutlich nach dem dänischen Prinzen Knut Lavard (1096–1131) benannt, der an einem 7. Januar ermordet wurde. Dass der Tag am 13. Januar begangen wird (exakt einen Monat nach dem Lucia-Tag) liegt daran, dass der Knuts-Tag in Schweden und Norwegen im 17. Jahrhundert um eine Woche verschoben wurde. Somit ist dort also der 13. Januar der zwanzigste und letzte Weihnachtstag, wohingegen in Dänemark Weihnachten nur bis zum 7. Januar bzw. nur bis zum 6. Januar (Dreikönigstag) dauert.

Seit den 1950er-Jahren erfährt der Knuts-Tag in Schweden und Norwegen eine zunehmende Beliebtheit. Zunächst werden noch einmal Süßigkeiten an den Baum gehängt, die dann von den Kindern genommen werden dürfen, wie Astrid Lindgren in *Pippi plündert den Weihnachtsbaum* beschreibt. Man muss sich das als Party vorstellen, eventuell sogar mit Kostümierung und Musik (wie Karneval) – auf jeden Fall ist es ein Kinderfest, das auch in Schulen begangen wird. Dann wird der gesamte Weihnachtsbaumschmuck entfernt und schließlich der Baum aus dem Fenster geworfen (bekannt aus der IKEA -Werbung), in Norwegen wird der Baum zerhackt und im Kamin verbrannt.

Geschenke

Während die Menschen auf dem Land häufig als Großfamilien mit drei Generationen unter einem Dach wohnten, lebten sie in den Städten ab etwa 1800 zunehmend in Kleinfamilien. Die Lebensform einer Familie war die Voraussetzung dafür, dass das Weihnachtsfest zu einem privaten Familienfest wurde – und da gehört die „Bescherung" unbedingt dazu.

Historisch betrachtet hatte in katholischen Gegenden der Nikolaus die Geschenke am 6. Dezember gebracht; er spielte im protestantischen Norden allerdings keine Rolle. Martin Luther (1483–1546) hatte den heiligen Geschenkelieferanten abgeschafft und die Geschenkeübergabe auf das Weihnachtsfest verlegt. Als in den Wohnzimmern der Adligen die Weihnachtsbäume ihren festen Platz fanden, hingen gleichzeitig auch schon kleine Geschenke und Spielsachen an den Zweigen. Erst im Laufe der Zeit und mit der größeren Verbreitung der Weihnachtsbaumtradition wanderten sie unter oder neben den Baum, während die Süßigkeiten auf dem Baum verblieben und an den ursprünglichen „Kinderbaum" erinnern (es war in adligen Kreisen üblich, für jedes Kind einen eigenen kleinen Baum aufzustellen, an dem Spielsachen hingen).

Geschenke und Weihnachten gehören vor allem für Kinder untrennbar zusammen. Sogar August Strindberg, welcher der Welt und seinen eigenen Kindern oft sehr entrückt war und in seiner eigenen Dichter/Denker-Welt lebte, baute die Bescherung in sein Familiendrama *Advent* ein.

> Der Nachbar *(kommt, begleitet von einem Kutscher mit Paketen und Körben)*: Gottes Friede und fröhliche Weihnacht allen, die im Haus wohnen!
> Adolf und Amalie: Willkommen, Nachbar! Lieber Nachbar! Und fröhliche Weihnacht! *(Begrüßung und Umarmungen)*
> Amalie: Was bringst du da?
> Der Nachbar: Das ist nur etwas für die Kinder!
> Adolf *(zu den Kindern)*: Nun bekommt ihr doch Weihnachtsgeschenke! ... Jetzt stecken wir den Baum an, dann können die Leute hereinkommen.

Im 19. Jahrhundert und noch bis weit ins 20. Jahrhundert bestanden die Geschenke allerdings überwiegend aus neuen Kleidern, denn längst nicht alle Eltern hatten die finanziellen Möglichkeiten, ihren Kindern Spielzeug schenken – manchmal erhielten auch die Puppen neue Kleider (Marie Hamsun: *Die Langerudkinder im Winter).*

Wenn man an Weihnachtsgeschenke zurückdenkt, die man als Kind bekommen hat, dann kann das mitunter etwas Magisches haben: Vielleicht denkt man an ein Spielzeug, welches man sich so sehr gewünscht hat, so dass man lange gebangt hat, ob man es bekommen würde, an eine echte Überraschung oder auch an ein Geschenk, über welches man sich nicht wirklich freuen konnte. So erging es Selma Lagerlöf (beschrieben in *Das Buch zu Weihnachten. Eine Kindheitserinnerung*):

> Als Mama das letzte Paket aus dem Geschenkekorb nimmt, sehe ich an der Form, dass es ein Buch ist. Aber natürlich ist es nicht für mich. Offenbar haben sie sich geeinigt, dass ich kein Buch bekommen soll.
> Doch das Paket ist wirklich an mich adressiert, und als ich es in den Händen halte, merke ich sofort, dass es sich um ein Buch handelt. Ich werde rot vor Freude und schreie regelrecht ... Ich reiße in rasendem Tempo das Papier herunter

und sehe vor mir das allerschönste kleine Buch, ein Märchenbuch.

„Was ist das denn für ein Buch...?“, fragt Daniel (...) Da schlage ich das Titelblatt auf, und dann bin ich wie erstarrt. „Gib mal her!“, sagt er und dann liest er vor:

„Nouveaux contes de fées pour petit enfants par Mme la comtesse de Ségur.“ ... Ein Buch auf Französisch zu bekommen ist fast schlimmer, als gar keines zu bekommen.

Am Ende der Geschichte – und am Ende der Weihnachtsferien – hatte Selma Lagerlöf das Buch weitestgehend gelesen: Sie hatte bereits etwas Französischunterricht gehabt und sich den Rest mithilfe eines Wörterbuches erschlossen.

Tatsächlich lassen sich auch Text-Belege für Geldgeschenke finden: Diese entstehen entweder aus einem Mangel an Ideen oder um dem Empfänger die Auswahl zu überlassen (damals wie heute): August Strindberg schrieb an die dreijährige Tochter Christiane „Kerstin“ (1894–1956) aus Paris am 15. Dezember 1897– da hatte er sich von der Mutter, Frida Uhl (1872–1943), nach dreijähriger Ehe gerade getrennt:

Liebes Kind!

Ich hätte Dir so gern die schönste Pariser Sache gesandt, aber es ist ja nicht möglich wegen Zoll, Steuern, Schreibereien und Unsicherheit am Post. Also war ich genötigt Dir selbst Einkauf überlassen, was nicht so geschmackvoll ist, aber ich habe keinen Menschen in Oesterreich, dem ich einen Auftrag geben kann, also das ist so, wie es ist. Und so wünsche ich Dir eine recht gute Weihnacht und küsse Dich.

August

Zwei Jahre später schickte er wiederum Geld, nun in Stockholm wohnend. Er deklarierte es als Nikolaus-Präsent, da Kerstin mit ihrer Mutter weiterhin im katholischen Österreich wohnte und dort der Nikolaus als Geschenkeüberbringer wirkte. Man hatte Strindberg wohl geschrieben, dass das Geld zur Bank gebracht worden war, und er antwortete (am 13. Dezember 1899):

Liebes, liebes Kind!

... Das Nicolas-Geld war für Presentenkauf und nicht für die Sparkasse! Was hast Du mit Geld als Geld zu tun? Kauf' Dir was Unnützliches und denk an mich, wenn Du eine kindische Freude daran hast! ... Er kommt doch nicht südlicher als nach München, wo Er furchtbar umbummelt. Also, küsse Dich. Vater August

Knut Hamsun schenkte seiner Frau Marie 1908 etwas Geld in einem Briefumschlag mit der Aufschrift „Modelllohn“:

Doch lass vom Geld dich nicht verstummen – es sind ja keine großen Summen,
nur grad genug für jenes, was du wohl noch weißt.
Um nicht nur Nützliches zu schenken und deine Laune nicht zu kränken,
sei auch dies Dingeling in hübscher Hülle dein.

Marie Hamsun erklärt, dass das Geld für hohe Stiefel gedacht war, die sie in einem Schaufenster gesehen hatten; das „Dingeling“ war ein Schmuckstück, welches an einem Samtband um den Hals getragen werden konnte; die „hübsche Hülle“ hatte er in der Küche von einem Putzlappen abgerissen ...

Was sollen wir nur schenken? Diese Frage ist nicht etwa nur charakteristisch für eine Gesellschaft, in der vermeintlich alles im Überfluss vorhanden ist; diese Frage stellten sich auch Eltern vor über hundert Jahren. Knut Hamsun schreibt an seinen Sohn Tore (1912–1995) am 8. Dezember 1929 (Samstagabend 10 Uhr):

Mama und ich haben überlegt, was in aller Welt wir Euch Kindern zu Weihnachten schenken sollen; wir wissen fast nichts mehr, was ihr nicht schon habt – vielleicht könntest Du Dir selber etwas für Dich ausdenken und mir einen Wink geben. Für (deinen kleinen Bruder) Arild habe ich etwas, ich muss ihm nämlich etwas schenken, was ungefähr den Brillantknöpfen entspricht, die Du im Sommer bekommen hast. ... Papa

August Strindberg grübelte über diese Frage im Dezember 1904. Er schrieb an Harriet Bosse (1878–1961) – da hatten sie sich nach kurzer Ehe bereits getrennt:

Also aus der Ferne.
Jetzt nur eine praktische Frage: Was wünscht sich Lillan (Anm.: gemeint ist die Tochter Anne-Marie, 1902–2007) zu Weihnachten? Sie hat von einem Schaukelpferd gesprochen.

Harriet machte ihm wohl einige Vorschläge, er schrieb kurz darauf:

Die Geige ist gekauft, eine richtige, auf der Kinder lernen … Hingegen sind Stuhl und Tisch ausverkauft. Da ich nicht wage, etwas andere zu kaufen, bitte ich Dich, genau das zu kaufen, was es sein soll, und mir die Rechnung zu schicken.

Selma Lagerlöf übte in *Trollmusik* Konsumkritik und beschreibt das Dilemma, in dem sich viele Menschen in den Wochen vor Weihnachten befinden.

Denn es ist, als ob auch mich an Heiligabend jedes Mal die Freude verließe. Missmutig laufe ich herum und frage mich, was all die Lichter und fröhlichen Gesichter sollen und all die vielen Weihnachtsgeschenke. Vergeblich suche ich nach dem großen, herzerhebenden Weihnachtsfrieden.

Allerdings sind diese Zeilen eher literarisches Stilmittel, da im Verlauf der Erzählung durch die himmelsgleiche Musik der Orgel und der Trolle, die durch einen gutherzigen Menschen ermöglicht wird, der Geist von Weihnachten fühlbar wird.
Sigrid Undset (1882–1949) wollte das Beschenken nicht in eine bürgerlich-familiäre Tradition eingeordnet haben, sondern eine direkte Verbindung zu Jesus Geburt herstellen, und formulierte:

Und wenn wir uns in seinem Namen gegenseitig Weihnachtsgeschenke machen, wollen wir daran denken, dass er uns die Sonne und den Mond und die Sterne und die Erde mit ihren Wäldern und Bergen und Meeren gegeben hat – und alles, was auf ihnen lebt und sich bewegt. Er hat uns alles Grüne und alles, was blüht und Früchte trägt, und alles, worüber wir streiten und was wir missbraucht haben, gegeben – und um uns von unserer Torheit, von all unseren Sünden zu erlösen, kam er auf die Erde und gab sich uns selbst.

Auf Englisch hört sich das noch poetischer an, und dieser Text wird auf zahlreichen Weihnachtskarten zitiert:

And when we give each other Christmas gifts in His name, let us remember that He has given us the sun and the moon and the stars, and the earth with its forests and mountains and oceans ...

Sigrid Undset war eine norwegische Schriftstellerin, ebenfalls eine Nobelpreisträgerin (seit der Nobelpreis für Literatur ab 1909 vergeben wurde, war sie dritte Frau, die ihn 1928 erhielt). Sie ist ein wenig in Vergessenheit geraten, was vielleicht daran liegt, dass ihre berühmtesten Werke Mittelalterromane sind. Geboren als Tochter eines Archäologen, wurde sie zu einer Schriftstellerin, deren Bücher in aller Welt gelesen wurden. Sie hatte zu kämpfen gegen eine Vielzahl von Widrigkeiten (Mangel an Geld, eine Ehe, die scheiterte, ein Kind mit einer Entwicklungsstörung, Vertreibung während des Zweiten Weltkrieges) und behauptete sich dennoch. Ihr großes Glück war der Erwerb eines Hauses, Bjerkebæk, in Lillehammer. 1924 konvertierte sie zum Katholizismus, was in dem rein protestantischen Norwegen mit großer Skepsis betrachtet wurde – aber sie ließ sich nicht beirren, zumal ihr der Glaube Kraft gab.

Geschenkkärtchen

Offensichtlich war es in Skandinavien üblich, Geschenke mit Kärtchen zu versehen. Hans Christian Andersen liebte es, sich für diese Karten kleine Gedichte (als Devisen bezeichnet) auszudenken (gefunden bei Torkild Hinrichsen):

> Nun für jeden ein Präsent – Ich will zeigen diese!
> Doch bemerkt, zu jedem hier folgt eine Devise!

Auf solch einem Geschenk-Zettelchen, welches er einer gedruckten Märchensammlung (aus seiner Feder) beigefügt hatte, stand:

> Hier hast du den Schlüssel, das darf ich wohl sagen,
> Um Dich in den Schlossgarten seines Reiches zu wagen.

Als er einem Hausherrn, der als unordentlich galt, ein Schreibheft überreichte, hatte er sich folgende Vers-Beigabe ausgedacht.

> Dass Du dies bekommst, ist wirklich schade,
> Denn Du wirst es beklecksen – mit Tinte und Schokolade.

Auch Selma Lagerlöf erzählt in *Ein Buch zu Weihnachten. Eine Kindheitserinnerung* von solchen Versen, die offensichtlich dazu dienten, das Verteilen der Geschenke persönlich zu gestalten:

> Dann nimmt Mutter ein Geschenk nach dem anderen heraus, ohne sich sonderlich zu beeilen. Sie liest den Namen des Empfängers vor, buchstabiert sich durch die undeutlich geschriebenen Verse auf den Paketen und teilt aus.

Von Henrik Ibsen wird berichtet, dass er 1876 in München, als seine Frau und er Künstlerkollegen und einige Studenten eingeladen hatten, eine ganze Weile damit beschäftigt war, Geschenke zu verpacken und sie mit kleinen Versen zu versehen, die als Weihnachts-Mottos bezeichnet wurden. Offensichtlich konnte das (wie bei Andersen) sehr persönlich werden, wenn beispielsweise ein weiblicher Gast als Gegenteil eines „erotischen Spatzes“ bezeichnet wurde.

Speisen und Getränke

In den bäuerlich geprägten skandinavischen Regionen war das Festessen im Winter nach dem Ende der Ernte ein absolutes Hochfest – das größte Fest des Jahres. In Abhängigkeit von den individuellen Möglichkeiten wurden nach wochenlangen Vorbereitungen fast unvorstellbare Mengen an Speisen und Getränken aufgetischt – zwar aßen mehrere Generationen und gegebenenfalls Angestellte davon und es stellte sich an den Weihnachtstagen Besuch von Familienangehörigen oder Freunden ein, doch selbst dann war/ist es immer noch reichlich.
Marie Hamsun berichtet von den Vorbereitungen in der Küche zwei Tage vor Weihnachten (*Die Langerudkinder im Winter*), als es im ganzen Haus duftete nach Würsten, Rouladen, Schweinebraten; man hatte gebacken und auch der Milchbrei war schon vorbereitet. Charakteristisch ist zum einen das vielfältige Angebot an Speisen auf dem „Julbord" (dem Weihnachtsbuffet) und zweitens die Vielfalt an Fleischgerichten.
Hans Christian Andersen beschreibt den Weihnachtsschmaus auf einem alten dänischen Gutshof in *Der Krüppel*:

> Die ganze Versammlung kam früh am Nachmittag, bekam Weihnachtsgrütze und Gänsebraten mit Rotkohl. Wenn dann der Weihnachtsbaum betrachtet und die Gaben ausgeteilt waren, bekam jeder ein kleines Glas Punsch und gefüllte Krapfen.

Weihnachtsschweine

Schweine spielten in den landwirtschaftlich geprägten skandinavischen Regionen eine wichtige Rolle, da sie oft das wertvollste Vieh waren. Schweine sind auch die einzigen Tiere, die ausschließlich zum Verzehr gehalten wurden. Man fütterte sie das ganze Jahr über und schlachtete im Winter – die letzten im Jahr zur Weihnachtszeit, so dass die Familien dann von den Fleischvorräten zehren konnten. Das Einsalzen, Einpökeln und Räuchern garantierte eine lange Haltbarkeit. Marie Hamsun erzählt in ihrer Autobiografie von Weihnachten 1911, dem ersten Weihnachten auf ihrem Hof Hamarøy, als ein Schwein geschlachtet wurde: das „Weihnachtsschwein“.

Eine zusätzliche Bedeutungsebene erhielt das Weihnachtsschwein aufgrund eines vor-christliches Rituals, als Schweine zum Julfest für den Fruchtbarkeitsgott Freyr geopfert wurden, um sich für ein gutes Ernte- und Jagdjahr zu bedanken. Freyr wurde in Illustrationen oder Skulpturen ein goldener Eber zur Seite gestellt, der seinen Wagen durch Luft und über Wasser zog und mit den Borsten die Nacht beleuchtete.

Die Liste der skandinavischen Gerichte aus Schweinefleisch ist lang: Weihnachtsschinken, Schweinebraten, Weihnachtswürste, Schweinerippchen, Schweinebauch oder Schweinsfüße in Sülze. Die Schweine konnten aber auch aus Pfefferkuchenteig sein – und August Strindberg stellte in *Alt-Stockholm* eine Verbindung her zwischen Weihnachtsbaum, Pfefferkuchen, Schwein und dem Fruchtbarkeitsgott:

> Das an einer Tanne aufgehängte Lebkuchenschwein (war) ein Überbleibsel von Frejs Eber.

Abgesehen von den vielen Schweinefleischgerichten auf dem Weihnachtsbuffet und den Lebkuchenschweinen am Baum oder auf dem Gebäckteller machen sich heutzutage auch Schweine aus Marzipan zu Weihnachten breit. Während diese in Deutschland zu Neujahr verschenkt werden, kaufen viele Skandinavier die süßen Exemplare zu Weihnachten oder stellen sie selbst her.

MARZIPANSCHWEIN MIT SCHOKOLADE

Zutaten (für ein großes Exemplar)

200 g Marzipan
1 EL Puderzucker, falls erforderlich
Silberkugeln für die Augen
100 g dunkle Schokolade
rotes Band für die Schleife

Zubereitung

Zunächst erwärmt man das Marzipan, indem man es in den Händen rollt – ein kleineres Stück wird beiseitegelegt. Das große Stück Marzipan wird geknetet, bis es einen Kegel mit einem flachen Ende im schmalen Teil und einem runden Ende im großen Teil bildet, evtl. wird etwas Puderzucker eingearbeitet. Mit einem Messer wird der Mund ausgeschnitten und die Schnauze nach oben gerichtet, Nasenlöcher werden eingestochen. Man formt aus dem übrigen Marzipan zwei kleine Ohren und drückt sie leicht an das Schweinchen. Anschließend macht man Löcher für die Augen und steckt zwei Silberkugeln hinein. Für den Schwanz rollt man ein kleines Stück Marzipan und formt einen Knoten. Die Schokolade wird geschmolzen und der Schweinehintern wird in die Schokolade getaucht. Auf einem Backblech härtet die Schokolade aus. Verziert wird das Schwein mit einer roten Schleife.

Weihnachtsgrütze (Milchreis)

Hans Christian Andersen erinnerte sich in einem Brief an den dänischen Dichter Bernhard Severin Ingemann (1789–1862) an das Weihnachten seiner Kindheit (geschrieben auf Gut Holsteinborg, am Weihnachtstag 1861, gefunden bei Torkild Hinrichsen):

> Wie wurde ich da reich beschenkt! Und was erlebte ich nicht alles, obwohl die Stube so klein war und meine Eltern mir keinen Weihnachtsbaum aufstellen konnten. Aber es fehlte niemals die obligatorische Weihnachtsgrütze neben dem Gänsebraten ...

Die Weihnachtsgrütze oder der Weihnachtsbrei, eigentlich ein Milchreis, ist tatsächlich eine fast obligatorische skandinavische Weihnachts-Zutat: In Norwegen wird sie Riesengrysgrøt, in Dänemark Risengrød oder auch Risalamande (abgeleitet von dem französischen Ris à l'Amande), in Schweden Julgröt oder Risgrynsgröt genannt.
In Selma Lagerlöfs *Ein Weihnachtsgast* spiegelt die Weihnachtsgrütze die Stimmung im Haus wider:

> ... alles im Haus ging schief. Das wurde der traurigste Heiligabend aller Zeiten.
> Die Grütze wurde nicht fest, die Kerzen fauchten, das Holz rauchte, der Wind brachte Schneetreiben ...

Ursprünglich war der Milchreis für den Hof- bzw. Hauswichtel gedacht: Zumindest an Weihnachten durfte man nicht vergessen, einen Teller mit Milchreis vor die Tür zu stellen, um ihn bei guter Laune zu halten. So beschreibt es Hans Christian Andersen in *Nisse beim Krämer*:

> Und es war ein richtiger Krämer, er wohnte im Parterre und besaß das ganze Haus, und zu ihm hielt sich das Wichtelmännchen, denn hier bekam es jeden Weihnachtsabend seine Schüssel Grütze mit einem großen Klumpen Butter darin! Das konnte der Krämer geben; und das Wichtelmännchen blieb im Laden, das war recht lehrreich.

Allerdings verselbstständigte sich in den letzten Jahrzehnten die Milchreis-Tradition und wird auch ohne Wichtel-Bezug in Schweden am 24. Dezember zum Frühstück oder abends als Dessert, in Norwegen häufig ebenfalls als Dessert, verfeinert mit Schlagsahne und heißer Himbeer- oder Preiselbeersauce, serviert. In Dänemark gehört Risalamande unbedingt zum Festessen am Heiligen Abend. Auch nach einem üppigen Abendessen muss noch Milchreis (mit lauwarmer Kirschsauce) serviert werden – allein des „Mandelspiels" wegen: In der Schüssel ist eine ganze Mandel versteckt, und wer sie findet, wird zum Mandelkönig ernannt und erhält ein Extra-Geschenk („Mandelgave").
Wenn Karen Blixen zu Hause in Rungstedlund Weihnachten feierte, „aßen wir Reisbrei mit Mandeln. Das Mandelgeschenk war ein mit Schokolade überzogenes Marzipanschwein, das von einem bestimmten Bäcker in Helsingborg nach Hause gebracht wurde", erinnert sich Nils Carlsen, der Sohn ihrer langjährigen Haushälterin, in einem Interview.

RISALAMANDE À LA RUNGSTEDLUND

(die Luxusversion – die einfache bäuerliche Bevölkerung kochte Wasser mit Gersten- oder Hafergrütze, also zerkleinerten Getreidekörnern):

Zutaten für 4 Personen
750 ml Vollmilch
100 g Milchreis
1 Msp. Zimt (moderner: Mark einer halben Vanilleschote)
½ EL Zucker
300 ml Schlagsahne
evtl. 125 g grob gehackte Mandeln
1 ganze Mandel

Zubereitung

Am besten bereits am Vorabend die Milch heiß werden lassen, den Milchreis, den Zimt oder die Vanille sowie den Zucker hinzufügen. 45 Minuten bei niedriger Hitze unter Umrühren köcheln lassen, bis der Reis die Flüssigkeit aufgenommen hat. Vollständig erkalten lassen und Frischhaltefolie auf den Milchreis auflegen, so dass keine gehärtete Schicht entsteht.
Am 24.12. morgens den größten Teil der Sahne schlagen und zusammen mit den gehackten Mandeln und der ganzen Mandel unterheben (der Milchreis dickt mit der Sahne noch ein). Gegebenenfalls am Tisch dann noch Sahne dazu reichen, um die gewünschte Konsistenz zu erzielen.

Milchreis, Nisse, Nilla und ein Tomte bei August Strindberg

1882 verfasst August Strindberg, zu diesem Zeitpunkt Vater von zwei kleinen Kindern, auf Bestellung das Märchenspiel *Lycko-Pehrs Resa* (*Glückspeters Reise*). Die erste Szene spielt am Heiligen Abend in einem Zimmer in einem Kirchturm:

> *Die Fensterläden hinten sind weit geöffnet, durch die Fenster sieht man den Sternenhimmel. Hintergrund: Schneebedeckte Hausdächer; Giebelfenster in der Ferne hell erleuchtet. Im Zimmer ein alter Stuhl, eine Feuerpfanne und ein Bild der Jungfrau Maria, davor eine brennende Kerze.*

Der alte Glöckner stellt Brei für den Tomte, also den Wichtel, bereit. Und dann spielt Strindberg mit dem „Milchreis-für-den-Weihnachtswichtel"-Motiv, indem er Nisse und Nilla den Brei aufessen lässt.

> NILLA. Still! Was haben wir denn hier?
> Eine Schüssel Haferbrei –
> NILLA. Die der alte Mann hinterlassen hat –

NISSE. Für den Tomte. Er hat Angst vor ihm!

NILLA. Jetzt weiß ich es! Wir werden den Brei aufessen, also –

NISSE: Der Tomte wird ihn jagen –

NILLA: Und wenn er wütend wird, kann er Unfug treiben.

Nisse und Nilla sind allerdings keine Zwerge, sondern Ratten – eigentlich ist Nisse üblicherweise ein Weihnachtswichtel. Als dann der Tomte kommt und feststellt, dass die Breischale leer ist, beschließt er, den alten Mann zu bestrafen: Zusammen mit einer Fee befreit er den fünfzehnjährigen Peter, der seit Geburt von seinem Vater, dem Glöckner, im Kirchturm gefangen gehalten wird, um ihn vor den Schlechtigkeiten der Menschen und der Welt zu bewahren. Tomte und Fee schicken Peter hinaus in die Welt und zwingen ihn, die Welt zu erkunden, Freundschaften zu schließen und eigene Erfahrungen zu sammeln.

Weihnachtsbier bei Lagerlöfs

Es ist davon auszugehen, dass das vorchristliche Julfest ein Gelage war – mit reichlich fettem Essen und vor allem alkoholischen Getränken. Diese Komponente war über die Jahrhunderte in die Liste der „Zutaten“ des Weihnachtsfestes aufgenommen worden und vor allem Weihnachtsbier wurde reichlich ausgeschenkt. Im 18. Jahrhundert war dieses noch von den Familien, eigentlich den Hausfrauen, zuhause gebraut worden und gehörte wie das Schlachten zu den unabdingbaren Weihnachtsvorbereitungen. Ab etwa 1850 verlagerte sich die Produktion allerdings in Brauereien. Es handelt(e) sich nicht um eine bestimmte Biersorte, sondern vielmehr um die süßere, gehaltvollere Variante eines Alltagsbiers.

Selma Lagerlöf schreibt in *Das Buch zu Weihnachten. Eine Kindheitserinnerung*:

Wir haben bereits Stockfisch, Milchreis und Blätterteiggebäck gegessen. Teller ... sind schon weggeräumt, aber das Tischtuch liegt noch ... Daneben stehen noch die Salzstreuer, die Zuckerschale ... und ein großes Silberseidel, das bis zum Rand mit Weihnachtsbier gefüllt ist.

In *Mårbacka*, dem ersten Teil der Memoiren (eine „Kindheitserinnerung"), heißt es:

Außerdem gab es nirgends so viel Weihnachtsbier, so knuspriges Brot und so gut zubereitetes Essen wie in Mårbacka, und das war das Verdienst der alten Wirtin, da waren sich alle einig.

Auch in *Nils Holgersson* ist das Brauen des Bieres obligatorischer Teil der Weihnachtsvorbereitungen:

(Das) war genau das Zeichen dafür, dass sie in den nächsten zwei Wochen nicht mit viel Schlaf rechnen konnten. Jetzt mussten sie Weihnachtsbier brauen und Fisch braten sowie Weihnachtsbäckerei und Weihnachtsputz organisieren.

Weihnachtsschnaps und Knut Hamsun

Weihnachtsschnaps ist eine Spirituose, die entweder zum Bier oder allein genossen zum Weihnachtsfest gehört, wie das Knut Hamsun in *Weihnachten in der Berghütte* beschreibt:

Beim Abendessen sollte die Familie auch einen Schnaps haben, das war alter Brauch, und Rinaldus war derjenige, der in die Gläser einschenken sollte. Das war für ihn ein feierlicher Augenblick: Er sollte die Karaffe mit den großen gemalten Rosen in seinen Händen halten.

Schnaps in Kombination mit Bibellesen garantiert in *Benoni* schon eine adäquate Weihnachtsatmosphäre:

> Es herrschte keine rechte Weihnachtsstimmung in Macks geräumiger Großstube, Benoni war an anderes gewöhnt. Wenn er an einem Weihnachtsabend so allein für sich saß, pflegte er zwischen den Schnäpsen ein Bruchstück eines Psalmes zu singen und eine Andacht zu lesen.

In der Erzählung *Johannes Treu* begehen drei Nachbarn, alle drei ohne finanzielle Mittel, zusammen Weihnachten. Sie essen „ein Stückchen Schlackwurst und ein Stückchen Brot". Und dann wird der Zylinder des einen (eine seiner wenigen Habseligkeiten) versetzt und dafür eine Flasche Schnaps gekauft, die dann zusammen geleert wird:

> Johannes war recht vergnügt geworden. Er trank noch ein Glas, indem er geltend machte, dass der Schnaps eigentlich ihm gehörte ... Nun war es mit ihm schon ziemlich weit gekommen, er summte und schwatzte mit sich selbst.

Von einer noch drastischeren Wirkung des Schnapses an Weihnachten berichtet Hamsun in *Ein Weihnachtsschmaus*:

> Ihr Mann kommt heraus. Sein Gesicht sieht munter und komisch aus. Er hat mehrere Schnäpse getrunken. Martha blickt ihn unwillig an und geht sogleich hinein.
> Komm und nimm auch ein Glas, Brede, sagt der Mann gutmütig. Sie gehen in die Küche hinein, und die Flasche wird geholt. Bei dem dritten Glase weigert sich Brede mehr zu trinken; aber der Mann fährt fort ihn zu nötigen. Da trinkt er noch ein viertes Glas ...

Der Abend endet im Fiasko: Brede, der Knecht, der in die Frau des Hauses (Martha) verliebt ist, stürzt – nach vielen weiteren Schnäpsen – vom Dach und behält ein steifes Bein. Allerdings kann er zwei Jahre später Martha heiraten, nachdem deren Mann gestorben ist.
Dahinter steht ein großer Vorbehalt, den Hamsun gegenüber dem Alkohol hatte, denn seine Jugend war geprägt von Verlust-Erlebnissen und einem abschreckenden Beispiel: Der väterliche Onkel Ole Pedersen (1816–1893) hatte sein Leben mit Alkohol- und

Frauen-Eskapaden (mehrere uneheliche Kinder, für die er keinen Unterhalt zahlte) gründlich ruiniert. Hamsun hat vermutlich bis zu seinem 30. Lebensjahr keinen Tropfen Alkohol getrunken. Schnaps – auf Norwegisch „snaps" – ist in den meisten Fällen das Nationalgetränk Aquavit, ein Schnaps auf Kartoffelbasis. Es ist ein aromatisierter, destillierter Schnaps, klar bis blassgelb in der Farbe, trocken im Geschmack und mit einem Alkoholgehalt von etwa 42 bis 45 Prozent. Er wird aus fermentierter Kartoffel- oder Getreidemaische destilliert, in Gegenwart von Aromastoffen erneut destilliert, mit Holzkohle gefiltert und normalerweise ohne Alterung in Flaschen abgefüllt. Es werden verschiedene Aromen verwendet, darunter meist Kümmel oder Kreuzkümmel, Zitronen- oder Orangenschale, Kardamom, Anis oder Fenchel. Aquavit wird gekühlt in kleinen Gläsern serviert.

Punsch bei Ibsens

Erik Henning Edvardsen, der als früherer Leiter des Ibsen-Museums in der Wohnung des Schriftstellers ein ausgewiesener Ibsen-Kenner ist, erzählt Folgendes: Als im Advent jugendliche maskierte Sänger („julebukker") vorbeischauten, um Weihnachtslieder zu singen und dafür eine Belohnung erwarteten, öffnete Ibsen ihnen persönlich die Haustür und bat sie in sein Wohnzimmer. Er verlangte, dass sie sich setzten und ein Glas heißen Punsch tranken.
Das Punsch-Trinken war eine alljährlich wiederkehrende weihnachtliche Tradition im Hause Ibsen und das Rezept, nach dem er zubereitet wurde, war eine Spezialität von Ibsens Frau Suzannah. Dieser Punsch wurde sogar in Flaschen abgefüllt und nach Schweden gesandt, als ihr Sohn Sigurd (1859–1930) zwischen 1903 bis 1905 während der norwegisch-schwedischen Union Ministerpräsident in Stockholm war.

Zutaten für 10 Portionen
1,2 l Wasser
220 g brauner Zucker
4 EL Zitronenabrieb (unbehandelte Zitrone)
350 ml Brandy
350 ml dunkler Rum
Saft von 3 Zitronen

Zubereitung
Wasser und Zucker vorsichtig erhitzen, bis sich der Zucker aufgelöst hat.
Den Topf vom Herd nehmen und die anderen Zutaten dazugeben, beginnend mit der Zitronenschale und dem Brandy, dabei langsam erhitzen und nicht kochen lassen.
Wenn vorhanden, in einem Punschglas servieren und mit einer Zitronenscheibe dekorieren,
Das Rezept lässt sich problemlos auf die richtige Portionszahl reduzieren und ist auch als kalter Drink mit Eiswürfeln abwandelbar.

Ursprünglich stammte Punsch aus Indien und enthielt fünf Bestandteile: Arrak, Zucker, Zitronen, Wasser oder Tee und Gewürze. Arrak ist ein Destillat aus Reis, Zuckerrohr und Palmsaft, das in Fässern gelagert wird. Aufgrund eines Alkoholgehaltes von 70 Prozent muss Arrak immer mit Wasser oder Wein verdünnt werden. Englische Seefahrer brachten nicht nur die Rezeptur für den Punsch, sondern auch die Zutat Arrak mit nach Europa.
Im späten 19. Jahrhundert war der Punsch ein ausgesprochen beliebtes Getränk in Norwegen und Schweden, das zu jedem erdenklichen Anlass genossen wurde: nicht nur in der Weihnachtszeit, sondern auch nach einer Jagd, auf Dampfschiffen, in Gartenpavillions – gerne auch kalt serviert. Auch in weiteren Werken Ibsens wird Punsch wiederholt angeboten:

In *Brand* findet sich:

Der Vogt:
Gehn Sie nur mal hier
Auf eins von den Gemeinde-Essen,
Wo Richter, Küster, Schulz und mir
Die Ehrenplätze zubemessen,
Und sehn Sie, kommen Punsch und Bier …

Oder in *Gespenster:*

Frau Alving: Trinken? Was willst du jetzt trinken?
Oswald: Ach, irgend etwas. – Du hast ja kalten Punsch im Hause.

Punsch war – und ist – auch ein sehr beliebtes Getränk der studentischen Verbindungen. Diese nutzten eine Melodie von Franz Lehar (1870–1948) und dichteten dazu einen Text *„Punschen kommer…"*. Das Ergebnis ist ein Lied, das während Adventsfeiern beim Singen mit einer Choreografie aus Schunkeln und Hinsetzen/Aufstehen begleitet wird.

Vielleicht mag man an dieser Stelle die Erwähnung von Glögg, der skandinavischen Glühwein-Variante (mit mehr Volumenprozent Alkohol durch Zusatz von Schnaps oder Brandy sowie Zugabe von Mandeln und Rosinen) vermissen – es ließ sich allerdings bei keinem der Autoren ein Beleg finden.

Pfefferkuchen

Es sind die Pepperkaker (Norwegisch), Pepparkakor (Schwedisch) und Brunkager (Dänisch), die das skandinavische Weihnachtsgebäck traditionell dominieren. Selma Lagerlöf schreibt in *Gottesfriede*:

Es war einmal ein alter Bauernhof, und es war Heiligabend …
Aus der Speisekammer kam eine alte Frau mit einem großen Stapel runder Pfefferkuchen im Arm. Sie ging langsam über

den Hof in das rotgestrichene Wohnhaus und trat vorsichtig in die Wohnstube, wo sie die Kuchen auf eine Bank legte. Über den Tisch breitete sie ein Tischtuch und schichtete die Kuchen zu einem großen und einem kleinen Stapel auf.

Besonders beliebt ist das Backen von Pfefferkuchen in Haushalten mit Kindern, wie Marie Hamsun es in *Die Langerudkinder im Winter beschreibt* – sie benutzte dieses Element somit einige Jahrzehnte vor Astrid Lindgren, welche die Pfefferkuchen in *Weihnachten in Bullerbü* und in *Madita* eindrucksvoll in Szene setzte.

Die Pfefferkuchen haben eine lange Tradition und tatsächlich gab es dieses Gebäck, bevor die Weihnachtsbäume Einzug in die Häuser hielten. Ursprünglich waren sie allerdings kein ausgesprochenes Weihnachtsgebäck. In Nürnberg gab es bereits im 14. Jahrhundert Lebkuchenbäcker, und ihre Rezepte wurden in den Norden weitergegeben. Allerdings konnten erst im 19. Jahrhundert auch in vielen Privathaushalten Kekse gebacken werden, nachdem Zucker und Mehl erhältlich und erschwinglich wurden. Geformt wurden die Kekse mit Holzmodeln. Vielfach dienten sie dann als Weihnachtsbaumschmuck. Erst Anfang des 20. Jahrhunderts entstanden Großbäckereien, in denen massenhaft Pfefferkuchen produziert werden konnten.

Pfeffer ist in den Pfefferkuchen-Rezepten heute nicht mehr zu finden – dieses Gewürz war damals namensgebend gewählt worden als Oberbegriff für alle aus fernen Ländern importierten Gewürze.

Im Gegensatz zu den schwedischen Pfefferkuchen werden die dänischen Brunkager geschnitten (Rezepte sind erst seit dem späten 19. Jahrhundert überliefert). Dem Teig werden ganze Mandeln oder auch Pistazien (für die Optik) untergemischt; sie werden nicht ganz so lange gebacken wie die Pfefferkuchen und sind etwas dicker.

Heute ist die Auswahl an Gebäck in Bäckereien und Supermärkten riesig und jeder, der zuhause backt, orientiert sich an dem skandinavischen Standard, sieben Sorten Gebäck anzubieten.

Ein Pfefferkuchenrezept aus dem 18. Jahrhundert

Im Stockholmer Nationalarchiv findet sich der Nachlass der Gräfin Lovisa Ulrika Mörner (1751–1823), die als Gutsherrin seit 1776 auf dem Gut Björksund in der Provinz Södermanland lebte und der Nachwelt eine ganze Reihe von Dokumenten hinterließ, unter anderem ein Pfefferkuchenrezept:

Für 1,3 Liter Honig werden 25 Eier genommen, die 1 Stunde lang verquirlt werden. Währenddessen den Honig aufkochen, gut abschäumen und stehen lassen, bis er ganz kalt ist. Zu den aufgeschäumten Eiern werden die Gewürze hinzugefügt, die aus viel Zimt, Kardamom, Pampelmusenschalen, vorzugsweise eingelegt, ansonsten aber trocken, Sukade und blanchierten Mandeln bestehen. Wenn der Honig abgekühlt ist, wird er in die geschlagenen Eier gerührt. Die Mischung wird eine weitere Stunde lang geschlagen. Dazu 4 Esslöffel gutes Bier einrühren und langsam einen Löffel Wasser hinzufügen. Zum Schluss werden Schachteln aus Kartonpapier hergestellt, die mit Butter eingefettet und zur Hälfte mit Teig gefüllt werden. Die Kästchen werden dann in einen mäßig warmen Ofen gelegt und Ziegelsteine dazwischen platziert.

Nicht angegeben ist, wie viele Pfefferkuchen aus dieser Menge resultieren, aber es ist anzunehmen, dass sie für alle Familienangehörigen und Angestellten reichten.

Noras Mandelmakronen

In Henrik Ibsens Drama *Nora oder ein Puppenheim*, in dem die Fassade einer bürgerlichen Ehe eingerissen wird, sind im ersten Akt, der an Heiligabend spielt, Requisiten eines Weihnachtsfestes eingestreut: beispielsweise der Weihnachtsbaumschmuck (siehe dort) und Makronen. Nora kehrt zurück von den Weihnachtseinkäufen:

Sie zieht eine Tüte mit Makronen aus der Tasche und isst ein paar; dann geht sie vorsichtig an die Tür ihres Mannes und lauscht. Ja, er ist zuhause …

Helmer: Wann ist denn das Eichhörnchen nach Hause gekommen?

Nora: Diesen Augenblick. *Steckt die Makronentüte in die Tasche und wischt den Mund ab.*

Später:

Helmer: Hat das Leckermäulchen etwa heute in der Stadt genascht?

Nora: Aber nein, wie kommst du denn darauf? …

Helmer: Auch nicht ein paar Makronen probiert?

Nora: Nein, Torvald, ich versichere …

Zutaten für 30 norwegische Mandelmakronen

2 Eiweiß
250 g gemahlene Mandeln
250 g Puderzucker
1 TL fein geriebene Zitronenschale
Kuvertüre (Zartbitter) zum Verzieren

Zubereitung

Den Backofen auf 175 °C Ober-/Unterhitze vorheizen. Ein Backblech mit Backpapier auslegen.

Das Eiweiß schlagen, dann alle Zutaten für die Makronen mit einem Löffel in einer Rührschüssel mischen.

Den Teig mit den Händen (klebrig!) oder mit Löffeln oder einer Spritztüte als kleine Kleckse auf das Backpapier legen.

Für 10 Minuten auf der untersten Schiene backen, darauf achten, dass die Makronen nicht zu dunkel werden.

Nach dem Abkühlen die Kuvertüre im Wasserbad erhitzen,

die Makronen eintunken, sodass der Boden mit Schokolade bedeckt ist, ggf. mit der restlichen Kuvertüre verzieren.

Knut Hamsun und der Hunger

In weiten Teilen Skandinaviens, gerade in den ländlichen Regionen fernab der größeren Städte, herrschte Armut, sodass das Weihnachtsessen maximal aus einem kleinen Extra bestand. Es ist sicher kein Zufall, dass die eindrucksvollsten Schilderungen eines sehr kärglichen Weihnachtsmahles bei Knut Hamsun zu finden sind, der mit *Hunger* 1890 einen Welterfolg erzielte. In diesem Roman schreibt ein namenloser Ich-Erzähler von den psychischen und physischen Qualen eines jungen Schriftstellers und Journalisten in Oslo – und seinem leeren Magen:

> Ich stand auf und durchsuchte ein Bündel in der Ecke neben dem Bett nach einem Happen zum Frühstück, fand aber nichts und ging zurück zum Fenster.

Ob Hamsun selber diese körperliche Leere im Magen verspürte, gilt nicht als sicher. Fakt ist, dass er, insbesondere auch während seiner Amerikaaufenthalte in der Zeit zwischen 1882 und 1888, mit seinen vielen Gelegenheitsjobs nicht genug Geld verdiente, um ein auskömmliches Leben zu führen.

Das Weihnachtsessen fällt in Hamsuns Geschichten mitunter sehr reduziert aus, wie in *Weihnachten in der Berghütte*:

> Die Abendmahlzeit war das reinste Festessen, es gab Fladenbrot, Sirup und ein Ei für jeden. Außerdem konnte man sehen, dass es Weihnachten war, denn es gab noch Butter zum Brote.

Noch weniger gibt es zu essen in der Geschichte *Johannes Treu*:

> Er (Quisling) sagte: „Setz dich!" „Fröhliche Weihnachten!", sagte ich. „Bei dir ist es aber schön warm". – Darauf erwiderte Quisling nichts. Er erhob sich und holte ein Stück Schlack-

wurst und ein großes Stück Brot vor. ... Dann begann ich also ein ganz klein wenig zu essen. ... „Iss das doch auf", sagte Quisling.

Dann – am Ende der Geschichte (nachdem der Zylinder eines Nachbarn versetzt wurde, um Schnaps zu kaufen, und die drei in einem Wirtshaus gelandet waren):

Und es zeigte sich, dass Quisling den ganzen Tag gar nichts gegessen hatte, obschon er mir eine reichliche Mahlzeit vorgesetzt hatte.

Weihnachtswichtel: Nisse, Tomte und Trolle

Kleine Wesen bereichern das nordische Weihnachtsfest in vielerlei Hinsicht: In Schweden heißen sie Tomte, in Dänemark und Norwegen Nils oder Nisse – diese Namen sind abgeleitet von Niklas (Nikolaus). Ursprünglich waren es hemmungslose kleine Gestalten, die in der Wildnis wohnten und ihren eigenen Regeln folgten. In der zweiten Hälfte des 19. Jahrhunderts erfolgte dann eine Art Domestizierung, und man schrieb ihnen zu, dass sie über die Höfe bzw. die Orte, an denen sie lebten, wachten und Tier und Mensch beschützten. Als Gegenleistung erwarte(te)n sie eine gute Behandlung, Respekt (böse können sie werden, wenn ein Mensch seine Pflichten verletzt) und zu Weihnachten einen Teller Weihnachtsgrütze.

Die Wichtel stellen insofern ein besonderes Element im skandinavischen Weihnachtsgeschehen dar, weil sie eine Verbindung schaffen zwischen der – bisweilen feindlichen – Außenwelt und dem schützenswerten Zuhause. Alle anderen Elemente sind entweder eindeutig der einen oder der anderen Welt zuzurechnen – der Tannenbaum beispielsweise, der ursprünglich zur Außenwelt gehört, wird als dekorierter Weihnachtsbaum zum häuslichen Bestandteil. Die Wichtel aber bleiben Teil der Natur,

auch wenn sie im Haus- oder Wohnungs-Inneren eine Funktion erfüllen. Die kleinen Wesen stellen zudem eine Kontinuität her zwischen mehreren Generationen; keiner weiß, wie alt sie sind. Wenn sie heute rote Mützen und weiße Bärte tragen, dann gehen dieses Accessoires vor allem auf die schwedische Malerin und Illustratorin Jenny Nyström (1854–1946) zurück, die Ende des 19. Jahrhunderts Scharen von Jultomtes kreierte. Insbesondere das gezeichnete Exemplar, welches Viktor Rydbergs Gedicht *Tomten* (1881) illustrierte, war stilbildend. Gleichzeitig wurden aus den Wichteln dann auch die Geschenkelieferanten und letztlich auch die Gehilfen des Weihnachtsmannes. Teilweise wurden sie auch durch diesen ganz abgelöst – in Dänemark bringt heutzutage „Julemanden", also ein Weihnachtsmann, die Geschenke, während die Nisses im Advent ihren Auftritt haben, in vielen Fällen auch koboldhaft, zu Scherzen aufgelegt. Und dennoch stellen viele dänische Familien auch heute noch einen Teller Milchreis vor die Tür – man weiß ja nie ...
In Norwegen ist es ein besonderer Nisse, der dafür sorgt, dass Geschenke unter dem Weihnachtsbaum liegen – eine Mischung zwischen Weihnachtsmann und Wichtel: der Julenisse. Dieser hat seine Entsprechung im schwedischen Jultomte, einer erwachsenen Version des Tomtes – oder vielmehr einer Verschmelzung von Tomte und Weihnachtsmann oder auch von Julbock und Nikolaus. Die kleinen Wichtel aber lassen sich nicht abschaffen.

Ibsen, Asbjørnsen, Peer Gynt und die wilden Trolle

In Henrik Ibsens 1867 verfasstem Gedicht *Peer Gynt* trifft Peer auf seiner langen Reise zu sich selbst in der Höhle des Bergkönigs auf Trolle, ungehobelte, unkultivierte, heidnische Wesen.

Er hatte ein Trollmädchen geschwängert und soll nun zur Rechenschaft gezogen werden. Peer gelingt es, zu fliehen ... Eine wilde Geschichte, die den Lebensweg eines Menschen über mehrere Jahrzehnte zeichnet, der nicht weiß, wohin mit sich, andere verletzt, bis er schließlich durch die Liebe einer Frau, die ihr ganzes Leben auf ihn gewartet hat, gerettet wird. Wer an einen weihnachtlichen Bezug denkt, wird enttäuscht. Allerdings nutzte Ibsen eine literarische Vorlage, und bei dieser handelt es sich um ein Weihnachtsmärchen. Geschrieben oder besser gesagt aufgeschrieben wurde es von Peter Christen Asbjørnsen (1812–1885), einem norwegischen Lehrer, Förster, Naturforscher und Volkskundler. Angeregt durch die Gebrüder Grimm sammelte er zusammen mit seinem Schulfreund Jørgen Engebretsen Moe (1813–1882) Volksmärchen, die er in den 40er-Jahren des 19. Jahrhunderts veröffentlichte. Die Per-Gynt-Geschichte ist Teil von *Rentierjagd in Rondane*, veröffentlicht 1848 in *Norske Huldre-Eventyr og Folkesagn.* Bei Asbjørnsen ist Per Gynt ein Schütze, der sich in der norwegischen Bergwelt auskennt, keinerlei Furcht zeigt und Trolle in die Flucht schlägt.

Als nun die Weihnachtszeit herankam, war Per Gynt wieder unterwegs. Er hatte von einem Hof auf Dovre gehört, wo sich am Christabend so viele Trolle einfinden sollten, dass sich die Bewohner flüchten und auf anderen Höfen Unterkunft suchen mussten: dieses Gehöft wollte Per Gynt aufsuchen, denn es gelüstete ihn, diese Trolle zu sehen. Er zog zerrissene Kleider an, nahm einen zahmen weißen Bären, der ihm zu eigen gehörte, sowie einen Pfriemen (Anm.: ein Werkzeug, um Löcher zu stechen), etwas Pech und Draht mit. Als er den Hof erreicht hatte, ging er ins Haus hinein und bat um Obdach. „Gott steh uns bei!“, sagte der Mann. „Wir können dir kein Obdach geben, wir müssen selbst den Hof verlassen, denn an jedem Heiligen Abend wimmelt es hier von Trollen.“ Aber Per Gynt meinte, er würde das Haus schon von den Trollen säubern. So wurde ihm erlaubt dazubleiben, und er bekam eine

Schweinehaut noch obendrein. Darauf legte sich der Bär hinter den Schornstein, Per holte Pech, Pfriemen und Draht hervor und machte sich daran, aus der ganzen Schweinehaut einen einzigen großen Schuh zu machen. Als Schnürband zog er einen dicken Strick hindurch, so dass er den Schuh rund herum zuschnüren konnte, und überdies hatte er noch zwei Stöcke bereit. Kaum war er fertig, da kamen die Trolle auch schon mit Fiedeln und Spielleuten dahergezogen, und die einen tanzten, die anderen aßen von dem Weihnachtsessen, das auf dem Tische stand, einige brieten Speck, andere brieten Frösche und Kröten und ähnliches ekelhaftes Zeug, dieses Weihnachtsessen hatten sie selbst mitgebracht. Inzwischen bemerkten einige den von Per Gynt verfertigten Schuh. Da er für einen großen Fuß bestimmt zu sein schien, wollten die Trolle ihn anprobieren, und als jeder von ihnen einen Fuß hineingestellt hatte, zog Per Gynt den Schuh zu, zwängte einen Stock hinein und schnürte ihn so stark zu, dass alle miteinander in dem Schuh festsaßen.

Die Trolle, die Asbjørnsen und Ibsen beschreiben, sind von anderer Natur als die kleinen niedlichen Kerle, die wir heute mit Wichteln assoziieren und die seit den 1880er-Jahren die Weihnachtsliteratur bevölkern. Selma Lagerlöf erinnert allerdings noch 1940 in *Trollmusik* an diese ungehobelten, ungestümen Wesen (siehe unter „Weihnachtsmusik“).

Das Zähmen der Trolle durch Viktor Rydberg

Viktor Rydberg (1828–1895) war ein schwedischer Journalist, Schriftsteller und Kunsthistoriker. Zu Weihnachten 1871 veröffentlichte er das Weihnachtsmärchen *Lille Viggs äfventyr på julafton* (Deutsch: Die Abenteuer des kleinen Vigg am Heiligabend), das bis heute – immer wieder neu aufgelegt und illustriert – zu den Klassikern der schwedischen Weihnachtsliteratur zählt. Vigg, ein armer Waisenjunge, wird vom Weihnachtstomte mitgenommen auf eine Reise zum Bergkönig (dort trifft auch er auf Frösche und Kröten), vorbei an verschiedenen Höfen und Häusern. Die Bewohner werden befragt, ob sie im zu Ende gehenden Jahr Gutes getan haben und beschenkt, wenn sie die Frage bejahen können (Anm.: eine Nikolaus-Analogie). Am Ende ist Vigg wieder zuhause bei seiner Pflegemutter und hat ein paar Strümpfe und Lederschuhe als Geschenke erhalten. Jenny Nyström, 17 Jahre alt und zu dieser Zeit noch unbekannt, illustrierte die Erstausgabe, die in jeder Hinsicht ein großer Erfolg war. Zehn Jahre später (1881) legten Rydberg und Nyström nach: Das Gedicht *Tomten*, ein Gedicht in elf Strophen, beschreibt den Weihnachtswichtel in einer Winternacht, der auf den Hof aufpasst, Mensch und Tier bewacht:

Die Winternacht ist kalt und hart.
Die Sterne glitzern, funkeln.
Zu dieser Stund ruht alles zart
im stillen Hof im Dunkeln.
Der Mond geht seine leise Bahn.
Der Schnee glänzt weiß auf dunklem Tann.
Der Schnee glänzt weiß am Dache.
Der Wichtel hält hier Wache. (…)

Er geht zum Stall von Lamm und Schaf,
die träumen auch schon lange.
Im Hühnerstall schläft alles brav,
der Hahn auf höchster Stange.
Der Karo in dem Hundehaus
schläft sich im warmen Strohbett aus.
Der Wichtel mag ihn leiden –
Vertraute sind die beiden.

Dann stapft er still zum Bauernhaus.
Er lässt sich's nicht verwehren
und schaut auch nach den Menschen aus,
die allesamt ihn ehren.
Zum Kinderzimmer schleicht entzückt
der Wichtel stumm und still beglückt
und stellt sich auf die Zehen,
die Kinderlein zu sehen. (...)

Die Winternacht ist kalt und hart.
Die Sterne glitzern, funkeln.
Am Morgen noch ruht alles zart
im stillen Hof im Dunkeln.
Der Mond geht seine leise Bahn.
Der Schnee glänzt weiß auf dunklem Tann.
Der Schnee glänzt weiß am Dache.
Der Wichtel hält hier Wache.

Auf diesem Motiv des „Bewachens" fußen Astrid Lindgrens *Tomte-Tummetott*-Bände (1960 und 1966), kurze Prosatexte. Wenn man heute fast nur noch über diesen Tomte spricht, dann ist das auch den passenden Illustrationen Harald Wibergs (1908–1986) zu verdanken. Wiberg hatte zunächst den Rydbergschen Tomte 1957 illustriert, mehrere Verlage waren darauf aufmerksam geworden und wünschten sich eine Textversion, die moderner war. Diese Aufgabe landete auf dem Tisch der Verlagsangestellten Astrid Lindgren (Verlag Rabén & Sjögren), die diesen Beruf neben der Schriftstellerei viele Jahre ausübte.

Ein Tomte in *Der schwarze Handschuh* von August Strindberg

Von dem Tomte in *Glückspeters Reise* war bereits die Rede (Kapitel Weihnachtsgrütze) und in einem anderen Kinderstück – *Der schwarze Handschuh (Svarte Handken)*, uraufgeführt in Stockholm 1911 – findet sich ein weiteres Strindbergsches Exemplar: Ein verlorener schwarzer Handschuh, der am Tag vor Heiligabend im Eingang eines großen Wohnhauses gefunden wird, geht durch die Hände der Hausbewohner und verbreitet Weihnachtsstimmung. Er gehört einer jungen Frau, die ihre Bediensteten schlecht behandelt. Diese beschuldigt ihr Dienstmädchen, einen Ring gestohlen zu haben, aber in Wirklichkeit steckt dieser im Handschuh. Davon wissen zwei Personen: der Weihnachtsengel und ein Tomte, der über das Haus wacht und genauestens informiert ist, was vor sich geht.

> Was Tomte tut, ist immer richtig.
> Er ist die Ordnungmacht hier im Haus
> Er steht auf, liest, liebt, reinigt.

Der Engel befiehlt dem Tomte, der jungen Frau ihre kleine Tochter wegzunehmen, um ihr eine Lektion darüber zu erteilen, „wie es sich anfühlt, etwas zu verlieren", und verspricht ihm, das Baby als Weihnachtsgeschenk zurückzugeben. Das Stück wäre nicht kindertauglich, wenn nicht am Ende die hartherzige Frau geläutert wäre und ihr Kind zurückerhalten würde.

Dieses Element der „ordnenden Macht" eines Tomte verwendete auch Selma Lagerlöf in der Erzählung *Tomten pa Töreby*, in welcher der Wichtel auf dramatische Weise dafür sorgt, dass ein Gutsherr, der aufgrund seiner Glücksspiel-Sucht seinen Hof zu verlieren droht, Selbstmord begeht, sodass sein rechtschaffener Bruder das Erbe übernehmen kann:

> Als die Menschen bestürzt und entsetzt zum Hof zurückkehrten, stand der Tomte Töreby für alle sichtbar in der Stall-

luke und schwenkte stolz seine rote Mütze.
Im dem Moment wusste er, dass es in Töreby wieder Ordnung, Ruhe und Ernst im Leben geben würde.

Ein Kobold in *Nisse und die Madame* von Hans Christian Andersen (1867)

In vielen Haushalten mit Kindern zieht neuerdings in der Adventszeit ein Wichtel in den Haushalt ein, der allerhand Unfug anstellt. Eigentlich sind die skandinavischen Exemplare sehr ernsthaft und damit beschäftigt, auf Menschen und Tiere aufzupassen sowie die Ordnung aufrechtzuerhalten. Allerdings findet sich in den Werken der skandinavischen Autoren dann doch auch einer, der koboldhaft auftritt. Der Nisse in *Nisse und die Madame* (*Nisse og Madammen*) von Hans Christian Andersen ist nämlich beleidigt: Madame, die Frau des Gärtners, die sich als Dichterin versucht,

> ... hatte ihn zwar noch nie gesehen, aber bei all ihrer Lektüre musste sie wissen, dass er in der Nähe war und ihm ein wenig Aufmerksamkeit schenken. An Heiligabend kam es ihr nie in den Sinn, ihm auch nur einen Löffel Haferbrei hinzugeben.

Und das ist unverzeihlich! Daraufhin fängt der Nisse an, Streiche zu spielen: Das Essen im Topf kocht über, in Socken werden Löcher gebohrt oder die Socken in das Waschbecken gelegt, die Hosenträger werden über den Spiegel gehängt und die Tür zur Speisekammer wird aufgelassen, sodass die Katze die Sahne leer schlecken kann.
Schließlich aber erfährt der Wichtel, dass er Madame vollkommen Unrecht getan hat. Sie erzählt nämlich einem Studenten im Vertrauen, dass sie nur Gedanken zu Papier bringen kann, weil sie sich in den Nisse hineinversetzt und seine Kraft dazu nutzt, Dinge zu formulieren, die sie sonst nie hätte denken können.

Jesu Geburt und Kirchgang

Man möge meinen, dass in derart protestantisch geprägten Ländern wie den skandinavischen der christliche Aspekt in der Literatur eine herausragende Bedeutung hat oder zumindest hatte. Denn feiert man Weihnachten nicht eigentlich, weil man sich an Jesu Geburt erinnert? Allerdings finden sich dafür nur spärlich Belege.

Ein Kirchgang an Weihnachten – das gehört in vielen Familien einfach dazu, auch wenn diese Tradition eher fester Bestandteil des Familienfestes oder gesellschaftliches Ritual ist, als dass eine wirklich tief empfundene Religiösität dahintersteht.

In *Weihnachten in der Berghütte* von Knut Hamsun ist das Wetter zu schlecht, um in die Kirche zu gehen:

> Ja, das war ein tüchtiger Schneefall, den wir hatten, sagte (die Mutter). ... An einen Kirchgang ist für morgen wohl nicht zu denken, was?
>
> (Der Vater:) Ach Gott behüte. Du hast wohl nicht im Kalender nachgesehen, wenn du morgen auf Kirchgangswetter hoffst.

Für Selma Lagerlöf war das Weihnachtsgeschehen im christlichen Sinn eine wichtige Quelle für eine Vielzahl von Weihnachtserzählungen. Sie widmet Jesu Geburt mit *Die Heilige Nacht* eine eigenständige Erzählung, in der sie mittels einer Kindheitserinnerung an ihre Großmutter das Weihnachtsevangelium nacherzählt:

> Da entdeckte der Hirte, dass der Mann nicht einmal eine Hütte besaß, in der er wohnte. Sondern dass seine Frau und das Kind vielleicht in einer Berggrotte lagen, in der es nichts als nackte kalte Steinwände gab.
>
> Und der Hirte dachte bei sich, dass das arme unschuldige Kind vielleicht dort in der Grotte würde erfrieren müssen, und obwohl er ein harter Mann war, rührte ihn, was er sah, und er fand, dass er dem Kind helfen müsse. Also nahm er einen Beutel von der Schulter und zog daraus ein weiches, weißes Lammfell hervor, gab es dem fremden Mann und sagte, dass er das Kind darauf schlafen lassen solle.
>
> In diesem Augenblick, als sich der alte Hirte barmherzig zeigte, öffneten sich seine Augen, und er sah, was er vorher nicht hatte sehen können, und hörte, was er nicht hatte sehen können. Er sah, dass um ihn herum ein dichter Kreis kleiner Engel mit silbernen Flügeln stand. Und jeder einzelne Engel hielt eine Harfe in der Hand, und alle sangen sie mit lauter Stimme, dass in dieser Nacht der Retter geboren sei, der die Welt von ihren Sünden befreien werde.

Weihnachtsmusik

Was ist Weihnachten ohne Musik, ohne Lieder? Seit Jahrhunderten sind sie ein unverzichtbarer Bestandteil des Festes, und zwar überall auf der Welt, wo Weihnachten begangen wird. Die Musik ist ein generationsübergreifendes Element, welches viel zu der besonderen Stimmung beiträgt, die Weihnachten ausmacht. Weihnachtslieder kann man auch allein hören, singen oder auf einem Instrument spielen, aber wenn man dies in Gemeinschaft tut, dann hat das etwas besonders Verbindendes. Es gibt keinen anderen Anlass, der so viele unterschiedliche Lieder entstehen ließ. Geschichtlich betrachtet waren Weihnachtslieder ursprünglich Kirchenlieder. August Strindberg lässt in *Glückspeters Reise* am Heiligen Abend in einer Kirche die Gemeinde einstimmig singen:

A Solis ortus cardine
Adusque terrae limitem
Christum canamus principem
Natum Maria Virgine.

Damit präsentiert er ein Lied, das tatsächlich bereits im 5. Jahrhundert entstanden ist. Auf Deutsch heißt es *Vom Tor des Sonnenaufgangs* und besitzt einen Melodiebogen, welcher der auf- und untergehenden Sonne nachempfunden ist. Viele der im Laufe der Jahrhunderte komponierten deutschsprachigen Weihnachtslieder wie *Vom Himmel hoch, da komm ich her!* oder *Stille Nacht, Heilige Nacht* wurden auch nach Norden (eigentlich weltweit) exportiert und zunächst als Kirchenlieder, im Laufe der Zeit vor allem auch in der häuslichen Umgebung gesungen – Marie Hamsun erzählt vom gemeinsamen Singen von *O du fröhliche, o du selige* und *Ihr Kinderlein kommet, o kommet doch all!* (*Die Langerudkinder im Winter*).

Selbstverständlich werden in Skandinavien neben den deutschen (übersetzten) viele originär skandinavische Weihnachtslieder gesungen – viele thematisieren das „Licht in der Dunkelheit", jenes starke Motiv des nordischen Weihnachtsfestes:

Nu ha vi ljus här i vårt hus (Schwedisch, Deutsch: Jetzt gibt es Licht in unserm Haus) – Die ganze Familie tanzt um den Weihnachtsbaum, und allein, weil Weihnachten ist, ist es hell.

Nu tändas tusen juleljus (Schwedisch, Deutsch: Wir zünden tausend Lichter an) – Die Lichter zuhause sind eine Analogie zum Stern von Bethlehem (der wiederum für Jesu Geburt steht), der die Welt erhellt.

Jul, jul, stralende jul (Schwedisch, Deutsch: Weihnachten, Weihnachten, strahlendes Weihnachten) – Zu Weihnachten erhellt der Himmel mit strahlendem Licht die Erde und die Menschen.

Det lyser i stille grender (Norwegisch, Deutsch:Es wird Licht in stillen Dörfern) – Der Schein der Lichter am Weihnachtsbaum spiegelt das himmlische Licht.

En stjerne skinner i natt (Norwegisch, Deutsch: Ein Stern leuchtet heute Nacht) – Die Welt war nie verlassen, weil ein Stern, Jesus symbolisierend, die Menschheit erleuchtet.

Lysets Engel gar med glans (Dänisch, Deutsch: Die Engel des Lichts kommen mit Glanz) – Die Sonne ist Gottes Engel des Lichts auf Erden, sie geht durch die Tore des Himmels und verdrängt die Schatten der Nacht und die Mächte der Dunkelheit. Dieses Lied wird das ganze Jahr über gesungen.

Ein Weihnachtslied von Hans Christian Andersen

Hans Christian Andersen schrieb 1832 den Text *Barn Jesus i en krybbe lå.* Dieser war Teil des Buches *Aarets tolv Maaneder (Die zwölf Monate des Jahres*) und ist im Kapitel „Dezember" zu finden. Vertont wurden die Zeilen 1859 von Niels Wilhelm Gade (1817–1890) – diese Version ist auch die bekannteste. Daneben existieren andere Versionen, unter diesen eine ältere von Johan Christian Gebauer (1808–1884) aus dem Jahr 1849 und das *Weihnachtslied* (op. 79 no. 16[17], 1849) von Robert Schumann (1810–1856), veröffentlicht in dem *Liederalbum für die Jugend.* Als Verfasser des Textes wird Hans Christian Andersen angegeben. Ob die deutsche Übersetzung von Adelbert von Chamisso (1781–1838) stammt, der auch andere Gedichte des dänischen Dichters für Schumann ins Deutsche übertragen hatte, ließ sich nicht klären – Andersen, Gade und Schumann waren jedenfalls persönlich miteinander bekannt.

Als das Christkind ward zur Welt gebracht,
Das uns von der Hölle gerettet,
Da lags auf der Krippe in finstrer Nacht
Auf Stroh und Heu gebettet.
Doch über der Hütte glänzte der Stern,
Und der Ochse küsste den Fuß des Herrn.
Halleluja! Kind Jesus!

Ermanne dich, Seele, die krank und matt,
Vergiss die nagenden Schmerzen!
Ein Kind ward geboren in Davids Stadt
Zum Trost für alle Herzen.
O lasst uns wallen zum Kindlein hin
Und Kinder werden in Geist und Sinn
Halleluja! Kind Jesus!

Selma Lagerlöfs *Trollmusik*

Mit einem literarischen Kunstgriff verbindet Selma Lagerlöf in *Trollmusik* die Ur-Kraft der Natur-Wesen, den Kirchgang an Weihnachten und vor allem den Geist der Güte und Gemeinschaft, der Jesu Geburt lebendig bleiben lässt.
Immer zu Weihnachten hatten die Trolle musiziert:

> Die … lichtscheuen, klumpfüßigen, buckligen Unholde, die sonst in Kälte und Dunkelheit in ihren Felskammern hockten, sie sangen und spielten. Und es kann schon sein, dass sie in dieser Nacht unter roten Goldpfeilern saßen und alles um sie herum funkelnde Pracht war, denn nun erklangen ihre kleinen Fiedeln und ihre rauen Stimmen tönten hell und lieblich.

Dann aber waren sie grausam durch einen Küster gestört worden und verstummt – und mit ihnen die Orgel. Erst nach vielen Jahrzehnten waren sie wieder bereit, Musik zu machen, nachdem ein Nachfahre des „Unholds“ voller Güte – eigentlich unfreiwillig – mehreren Menschen geholfen hatte. Und dann:

> … spielte (die Orgel) die wohlklingendsten Töne, große, leuchtende Harmonien entströmten ihr. Ein Vorspiel war es wie für einen Engelschor. Und als der Psalm kam, ergriff sie dessen Melodie, schwang sie empor und trug sie bis weit, weit über die Wolken hinauf. … Der Küster wagte kaum seine Finger zu bewegen. Das war nicht er, der da spielte, das war nicht die Orgel, die spielte. Vielmehr war hier ein Volk mit Goldharfen eingezogen, und dieses Volk spielte. Es war ein Wunder, es war Zauberei.

Wenn die Musik verstummt (Selma Lagerlöfs *Weihnachtsgast*)

> Die Gitarre mit ihrem morschen Seidenbande und das gewundene Waldhorn mit verblichenen Quasten und Schnüren wurden in die Rumpelkammer auf den Boden gebracht, und der Staub legte sich zolldick auf die langen, eisenbeschlagenen Geigentasten.

Nach ausgelassenen Jahren mit Musik, Tanz und Spielen auf dem Hof Löfdala in Värmland war eine geschäftige Alltäglichkeit eingezogen. Man bereitete das Weihnachtsfest vor, man salzte Fleisch und braute Bier. Keine guten Zeiten für Ruster, einen Flötenspieler und Notenschreiber, der von Hof zu Hof zog und seine Dienste anbot.
Selma Lagerlöfs Geschichte *Der Weihnachtsgast* ist sozusagen ein Epilog zu ihrem ersten großen Werk *Gösta Berling*, welches das unbeschwerte Leben der Kavaliere (ehemalige Soldaten) von Ekeby beschreibt. Aber jede Party ist irgendwann einmal vorbei, und für Ruster findet sich keine Beschäftigung. Man will ihn am Weihnachtabend aber auch nicht beherbergen, da er zu viel Alkohol trinkt.

> Er konnte gern kommen, wenn er ihnen nur die Gemütlichkeit einiger Alltage störte, aber nicht am Heiligabend. Das Jahr hatte nur einen Heiligen Abend, und auf diesen hatten die Kinder sich schon den ganzen Herbst gefreut. Diesen Menschen konnte man doch nicht mit Kindern an einen Weihnachtstisch setzen. Früher hatten sie ihn gern aufgenommen, aber jetzt, seit er so trank, nicht mehr. Was sollte man auch mit dem Gesellen anfangen? Die Knechtstube war nicht gut genug für ihn und der Salon zu fein.

Man setzt ihn also in eine Kutsche und überlässt ihn im tiefsten Winter seinem Schicksal. Allerdings will ihn kein Haushalt aufnehmen. Und Ruster klagt,

> … dass er jetzt ein ausgespieltes Instrument sei, von dem der Frohsinn keinen Gebrauch mehr machen könne. Er klagte niemand an, denn er wusste, dass ein zersprungenes Waldhorn und eine Gitarre, die sich nicht mehr stimmen lässt, fortgeworfen werden müssen. Er wurde auf einmal ein sehr demütiger Mensch. Er begriff, dass es jetzt, am Heiligabend, mit ihm zu Ende gehen werde.

Aber Weihnachten kann eben auch hier alles durcheinanderbringen: Ruster landet wieder auf dem Hof Löfdala und wird sogar freudig empfangen, weil die Hausherren ein schlechtes Gewissen bekommen hatten, einen so bedürftigen Menschen an Weihnachten fortzuschicken. Ruster soll sich erstmal um die Kinder kümmern und auch wenn er sich dieser Aufgabe nicht gewachsen fühlt, gibt er sich Mühe. Er fängt an, ihnen das Lesen beizubringen – und alle sind glücklich: Die Kinder, die Hausherren und Ruster selbst. Daraufhin bekommt er eine Stelle als Hauslehrer angeboten mit der Auflage das Trinken zu lassen

> und nachher wurde ein fröhliches Weihnachtsfest (…) gefeiert.

Weihnachtspflanzen

Die mit großem Abstand bedeutendste Weihnachtspflanze – auch in Skandinavien – ist der Tannenbaum (stellvertretend genannt für andere Nadelbäume wie Fichten oder Kiefern). Vor allem durch seine herausragende zentrale Stellung im Weihnachtsgeschehen, zudem noch dekoriert mit Schmuck, eventuell Geschenken, Süßigkeiten und Kerzen bzw. Lichtern, ist er allerdings mittlerweile der ursprünglich botanischen Welt sehr entrückt.

Dabei war es zunächst das Grün der Zweige, welches als Sinnbild für Leben schlechthin stand und in den Häusern seit vielen Jahrhunderten mitten im Winter die Hoffnung auf das zurückkehrende Leben im Frühjahr symbolisierte.

Alle anderen Pflanzen, die in der Weihnachtszeit – zumeist rein dekorativ – eingesetzt werden, sind an sich weitaus weniger bedeutend, wobei auch in Skandinavien die Zahl der verkauften Weihnachtssterne und anderer blühender Pflanzen in den letzten fünfzig Jahren stetig angestiegen ist. Die meisten kannten die klassischen skandinavischen Autoren allerdings nicht, wie Pflanzen insgesamt als weihnachtliches Element in der Literatur eher spärlich vertreten sind. Nur Marie Hamsun berichtet in ihren Lebenserinnerungen von Weihnachten 1911, als sie einen Weihnachtskaktus geschenkt bekam.

Durchaus üblicher waren Hyazinthen, die bereits im Advent seit 1900 äußerst beliebt und in Schweden heute die Nummer Eins unter den Weihnachtspflanzen sind.
Es ist vor allem ihr in den Abendstunden raumfüllender Duft, der sie so speziell macht: In August Strindbergs *Gespenstersonate*, einem sehr exzentrischen kleinen Theaterstück mit in Geschichten gefangenen Geistern, sind Hyazinthen eine wichtige Requisite. Uraufführung war im Januar, also kurz nach Weihnachten – die Regieanweisung:

> *Ein Zimmer in etwas bizarrem Stil, orientalische Motive. Überall Hyazinthen in allen Farben.*
>
> Das Fräulein: Lieben Sie Hyazinthen?
>
> Der Student: Ich liebe sie über alle andern Blumen, ihre jungfräuliche Gestalt, die sich schlank und gerade aus der Zwiebel erhebt; die wiederum ruht auf dem Wasser und senkt ihre weißen, reinen Wurzeln in die farblose Flüssigkeit; ich liebe ihre Farben, die schneeweiße unschuldige, reine, die honiggelbe liebliche, die rosa junge, die rote reife, vor allem aber die blaue, die tagblaue, die tiefäugige, die treue ... ich liebe sie alle, mehr als Gold und Perlen, habe sie geliebt, als ich noch ein Kind war, habe sie bewundert, weil sie alle die schönen Eigenschaften besitzen, die mir fehlen ... Ihr Duft, stark und rein von den ersten Winden des Frühlings, der über geschmolzenen Schnee dahingezogen ist, verwirrt meine Sinne, betäubt mich, blendet mich, drängt mich aus dem Zimmer hinaus, beschießt mich mit giftigen Pfeilen, die mir das Herz weh und den Kopf heiß machen!

Gerüche besitzen die Fähigkeit, erlebte, emotionale und autobiografische Erinnerungen hervorzurufen, bekannt als Proust-Effekt. Der Name dieses Effekts geht zurück auf eine Episode in dem Roman *Auf der Suche nach der verlorenen Zeit* von Marcel Proust (1871–1922), in welcher die Erfahrung einer wiedererlebten, lebendigen, lange vergessenen Erinnerung durch das Wiedererkennen eines Duftes beschrieben wird. Wenn also im Advent

Hyazinthen blühen und duften, dann erinnert man sich an vergangene Jahre – damit kreiert man exakt das, was Weihnachten auch ist, nämlich wiederkehrende Erfahrungen, die eine Kontinuität und Stabilität garantieren.

Die Christrose (Nieswurz, Helleborus), eine der wenigen Pflanzen, die im Winter in den Gärten blühen, war wegen ihrer schneeweißen Blüten und ihrer winterlichen Blütezeit schon in der ersten Hälfte des 16. Jahrhunderts weit verbreitet anzutreffen. Selma Lagerlöf präsentierte sie in einer Weihnachtsgeschichte: *Die Legende von den Christrosen* handelt von zwei diametral verschiedenen Kollektiven: Auf der einen Seite findet sich ein Kloster mit den Brüdern und dem Abt und auf der anderen Seite eine Räuberfamilie. Gut und Böse kommen in beiden Welten vor. Es geht um blühende Gärten: einen Klostergarten und einen Garten im tiefsten Wald, ein wahres kleines Paradies, das jedes Jahr zu Weihnachten erblüht. Der Abt macht sich mit einem Begleiter auf den Weg, dieses Weihnachtswunder mit eigenen Augen zu sehen, kann es tatsächlich auch erblicken und erfühlen, stirbt allerdings, als sein Weggefährte das unglaubliche Geschehen verwünscht. Zu Boden sinkend hatte der Abt noch eine Blume zwischen Moos und Laub gepflückt. Sein Begleiter entnahm sie den toten Händen und pflanzte sie in den Klostergarten. Und im nächsten Jahr an Heiligabend:

> Und siehe da, als er an der Stelle vorbeiging, wo er die kahlen Wurzelknollen gepflanzt hatte, sah er, dass aus ihnen kräftige grüne Stängel gewachsen waren, die wunderschöne Blüten mit silberweißen Blüten trugen. (...)
>
> Man hat sie Christrose genannt, und jedes Jahr lässt sie ihre weißen Blüten und ihre grünen Stängel um die Weihnachtszeit aus dem Erdreich sprießen, als könnte sie nie und nimmer vergessen, dass sie einmal in dem großen Weihnachtslustgarten erwachsen ist.

Weihnachten in der Ferne

Für den Fall, dass man Weihnachten nicht „zuhause“ (oder in gewohnter familiärer oder freundschaftlicher Umgebung) sein kann bzw. möchte, stellt sich durchaus die Frage, wie man das Fest begehen wird. Weihnachtsbäume stehen zwar fast überall auf der Welt, weil Weihnachten mittlerweile ein globales Fest ist, und dennoch muss man sich entscheiden, ob man sich auf die „fremden“ Traditionen einlässt oder die heimatlichen mitnimmt. Die Gedanken von Reisenden an Weihnachten schweifen jedenfalls häufig „nach Hause“ (wo immer das ist).
Karen von Blixen-Finecke verbrachte auf ihrer Farm in Kenia einen ruhigen Weihnachtsabend in Gesellschaft ihres Bruders mit ein wenig weihnachtlicher Deko (Kerzen und Zweige), mit Milchreis, Truthahn und Kuchen und den Gedanken an Weihnachtstage auf Rungstedlund in Kindertagen (aus *Briefe aus Afrika 1914–1931, 31.12.1922*).
Judith Thurman schreibt in ihrer Blixen-Biografie über ein anderes afrikanisches Weihnachtsfest der berühmten Autorin (irgendwann zwischen 1924 und 1926): „Zu Weihnachten hatte Ellen Dahl ihrer Schwester einen kleinen Harlekin aus Porzellan geschickt, der mit der Colombine, die sie schon besaß, ein Paar bildete. Sie erinnerten sie an eine Welt, die sie mit den Jahren

und dem größeren Abstand sehr zu schätzen gelernt hatte – das Kopenhagen ihrer Kindheit: die Pantomimen und Marionettenkomödien im Tivoli, ... die Sonntagsspaziergänge im Wildpark." Strindberg musste aufgrund eines Prozesses wegen Gotteslästerung 1883 Stockholm verlassen und lebte bis 1889 im Exil im nordfranzösischen Grez: Ville Vallgren (1855–1940; ein finnischer Bildhauer) berichtet, dass dort 1885 die Schweden – inklusive Strindberg – mit Grütze, Weihnachtsferkel, Plätzchen, Branntwein und Heimweh Weihnachten feierten (nachzulesen in *Strindberg* von Olof Lagercrantz). Hans Christian Andersen hatte 1833 ein Reisestipendium nach Rom erhalten und verbrachte den Weihnachtsabend mit Künstlerkollegen:

> Ein großer Orangenbaum mit den Früchten daran war unser Weihnachtsbaum; der größte Preisgewinn ein Silberbecher mit der Inschrift „Weihnachtsabend in Rom 1933". Ich war der glückliche Gewinner. (Die Präsente wurden per Los verteilt). Jeder Gast bekam auch ein Geschenk, die Bedingung dabei war, etwas Spaßiges zu wählen oder durch Verpackung oder Devise (Anm.: beigelegter Spruch) es dazu zu machen.

1862 schreibt er auf dem langen Weg zurück von Marokko durch Spanien nach Frankreich:

> Unser Plan, Weihnachten über in Madrid zu bleiben, wurde nicht realisiert. Das Klima war unerträglich: Hier herrschte Regen und Schnee, und das Wetter war noch viel schlimmer, als es zu dieser Jahreszeit in Dänemark zu sein pflegt. ... Es war nicht zum Aushalten ... Bald erreichten wir Bayonne und verbrachten hier den Weihnachtsabend. Ein Wachsstock, den wir um eine Champagnerflasche gewickelt hatten, wurde als Weihnachtslicht angezündet, und wir leerten für Dänemark und all unsere Teuren manches Glas.

In Verbindung mit einem (edlen) Getränk und guter Gesellschaft kann selbst etwas so Schlichtes wie eine improvisierte Kerze Weihnachten ausmachen.

Einsamkeit und Tod

Weihnachten – das ist nicht nur Kinderlachen und Hygge, Esstische, an denen sich Familien versammeln, oder Berge von Geschenken. Weihnachten schützt nicht vor Einsamkeit. Es gibt diese allerdings in verschiedenen Qualitäten.

Da gibt es zum Beispiel die Form der Einsamkeit, welche aus einem Leben in der geographischen Abgeschiedenheit der teilweise sehr dünn besiedelten Regionen Skandinaviens resultiert. In Hamsuns Erzählung *Weihnachten in der Berghütte* kann eine Familie gemeinsam Weihnachten begehen und die Einsamkeit bezieht sich nur auf die äußeren Umstände:

> Es war sehr viel Schnee zu Weihnachten gekommen, das kleine Haus droben in den Bergen steckte nicht mit viel mehr heraus als mit dem Dach und den beiden äußersten Balken, Es war übrigens auch nur eine Hütte, ein Häuslerplatz für eine Kuh, ein Schwein und ein Lamm. Hier wohnte die Familie Sommer und Winter für sich allein.

Es kann sich aber auch um eine echte Einsamkeit handeln, zuweilen selbst gewählt oder zumindest ohne Bedauern (wie in *Benoni* von Knut Hamsun beschrieben):

> Wenn er an einem Weihnachtsabend so allein für sich saß, pflegte er zwischen den Schnäpsen ein Bruchstück eines Psalmes zu singen und eine Andacht zu lesen.

Häufig sind es allerdings Umstände, die dazu führen, dass Menschen ohne andere diese Tage verbringen müssen. Daraus resultiert ein Gefühl des Ausgeschlossenseins, eben gerade, weil so viele Familien an Weihnachten vereint sind.
Eindringlich ist die Einsamkeit in Andersens *Das kleine Mädchen mit den Schwefelhölzern* eine absolut unverschuldete, erschreckende, wenn alles zusammenkommt: Kälte, Armut und das Nichtgesehen-werden:

> Es war bitter kalt. Es schneite, und es wurde dunkel... In der Kälte und der Dunkelheit ging ein kleines Mädchen die Straße entlang, das so arm war, dass es keinen Mantel hatte und keine Mütze und nicht einmal Schuhe an den Füßen. ... Aber den ganzen langen Tag hatte niemand ihr etwas abgekauft und niemand hatte ihr ein Geldstück geschenkt.

Andersen wusste, was es heißt, einsam zu sein, denn er war in seiner Kindheit und Jugend aufgrund der prekären wirtschaftlichen Lage häufig ohne menschlichen Beistand gewesen, und vermutlich blieb er einsam während seines gesamten Lebens, obwohl er sich ein großes soziales Umfeld geschaffen hatte. In dem *Märchen seines Lebens* beschreibt er einen Weihnachtsabend in Berlin 1845, an dem er – seinen Worten nach – alle Einladungen ausgeschlagen hatte, um den Abend mit der großen schwedischen Sängerin Jenny Lind (1820–1887) zu verbringen (für die er wohl schwärmte). Die wusste allerdings nichts von seinen Plänen, hatte auch andere Einladungen, und so saß er in seiner Unterkunft und fühlte sich elend:

> ... Mitten in diesem Saus und Braus ... stand ein Abend leer, unausgefüllt, ein Abend, an dem ich plötzlich die Einsamkeit in ihrer erdrückenden Gestalt spürte. Das war der Weihnachtsabend. Gerade der Abend, den ich mit dem Gemüt des Kindes im Festglanz sehe, an dem es dazugehört, da ich den Weihnachtsbaum sehe, an dem ich mich an der Freude der Kinder freue, an dem ich sehe, wie die Älteren wieder zu Kindern werden.

Er benutzt die Weihnachtsfreude, die in den Familien herrscht, um sein Alleinsein noch prägnanter zu zeichnen. „Weihnachten allein" kann tatsächlich die Steigerung von „allein" bedeuten. Wie im Märchen, wenn am Ende alles wieder gut sein soll, berichtet Andersen, dass er dann ein paar Tage später bei besagter Jenny Lind eingeladen war, die am Silvesterabend mit ihm Weihnachten nachholte – mit Tee, Eis, Weihnachtsbaum und Geschenken. Am Ende der Episode schreibt er stolz, dass sogar die Zeitungen von dieser Begegnung berichtet hätten, sinngemäß hieß es dort: „zwei Kinder aus dem Norden unter dem Weihnachtsbaum".

Schriftsteller:innen, gerade wenn sie dafür berühmt sind, literarische Grenzen zu überschreiten oder neu zu definieren, haben auf ihrem Lebensweg häufig Mühe, dem klassischen Bild einer Familie zu entsprechen oder überhaupt in einer Familie einen Platz zu finden. Strindberg hatte mit drei Frauen fünf Kinder – und letztlich verließ er sie alle. Er schreibt an seine ältesten Kinder Karin (1880–1973), Greta (1881–1912) und Hans (1884–1917) am 26. Dezember 1898:

> Es war lieb, mir einen so langen Brief zu Weihnachten zu schenken, das hier einsam und nicht besonders fröhlich ist. So weiß ich nun Bescheid über Eure großen und kleinen Verhältnisse. Viel Glück für ein gutes neues Jahr, und vergesst mich nicht. Euer Freund August Strindberg.

In Literatur verwandelt erzählt August Strindberg von Einsamkeit in dem kleinen Theaterstück *Die Stärkere*:

> *Szenerie: Eine Ecke in einem Café; zwei kleine Eisentische, ein rotes Plüschsofa und einige Stühle.*

(X und Y sind beide Schauspielerinnen, die früher befreundet waren.)

> Frau X *(tritt auf, winterlich gekleidet in Hut und Mantel, mit einem feinen japanischen Korb am Arm.)*
> Mademoiselle Y *(sitzt vor einer halb ausgetrunkenen Bierflasche und liest in einer Illustrierten, die sie später gegen andere austauscht.)*

Frau X. Guten Tag Amelie, meine Kleine! – Sitzt hier ganz alleine am Weihnachtsabend wie ein alter Junggeselle.

Mademoiselle Y *(blickt von der Zeitschrift auf, nickt und liest weiter.)*

Frau X. Weißt du, es tut mir richtig weh, dich so zu sehen; allein, allein in einem Café und das an Heiligabend.

Allein an Heiligabend in einem Café zu sitzen – das ist ein Kunstgriff der Dramaturgie, die Strindberg meisterhaft beherrschte. Und das ist nur der Anfang: Der Zuschauer erfährt, dass die Einsame (Y), die zudem einigermaßen erfolglos beruflich agiert, sich gerade von ihrem Verlobten getrennt hat, wohingegen die andere (X) seit Jahren verheiratet – und zudem erfolgreich – ist. Zunächst zeigt X der Y die Weihnachtseinkäufe für ihren Mann und ihre Kinder (man ahnt, dass das für eine Frau mit Ehe- und ggf. Kinderwunsch schwer zu ertragen ist). Dann aber versteht Frau X im Verlauf der Szene, dass ihr Mann vor vielen Jahren der Liebhaber der Y war. Aber statt nun in irgendeiner Weise geknickt zu sein, bedankt sie sich bei Y, dass diese ihren Mann gelehrt habe zu lieben. Und sie geht nach Hause, „um ihn zu lieben".

Strindberg verarbeitet die Erwartungen, die sich angesichts des Weihnachtsfestes ergeben, und den bürgerlichen Wunsch, sich als Familie vor dem Weihnachtsbaum zu versammeln und den Kindern beim freudigen Auspacken der Geschenke zuzusehen.

Und dann gibt es noch „Weihnachten allein" in Gegenwart anderer Menschen. Ein solches (reales) Erlebnis beschreibt Marie Hamsun in ihrer Autobiografie *Der Regenbogen.* Es ist ihr erstes Weihnachtsfest auf dem Hof in Hamarøy; zwei Jahre zuvor hatte sie Knut Hamsun geheiratet. Er, der große Schriftsteller, hatte sich geärgert, weil er über die Finsternis im Norden schrieb und seine Frau einen ganzen Tag lang eine Lampe hatte brennen lassen – er befürchtete, unglaubwürdig zu sein, falls jemand das gesehen haben sollte. Zur Strafe ließ er sie allein in der großen

Stube sitzen, zog mit Kreide einen großen Kreis um sich, in den er sie nicht eintreten ließ. Die Weihnachtstage gingen vorüber, ohne dass er etwas an der Situation änderte. Marie Hamsun hatte sehr zu kämpfen mit dem „schwierigen" Mann an ihrer Seite – sie erlebten Hochs gemeinsam, aber eben auch Tiefs, die häufig aus den ambitionierten Projekten des großen Schriftstellers resultierten. Auch Weihnachten fungiert(e) nicht als „Stop-Schild". Gegen diese Art der Dunkelheit hilft kein Kerzenschein.

Selbst der Tod macht nicht Halt vor Weihnachten: So formuliert es Knut Hamsun sinngemäß in *Das letzte Kapitel.* In einem Sanatorium in den Bergen trifft sich das Bürgertum, körperlich krank und desillusioniert. Unter den Gästen befindet sich auch Magnus, der Selbstmord begehen will. Hamsun lässt ihn sagen:

> Aber nicht wahr: Euch ist heute Nacht ein Erlöser geboren. Das sage ich nicht, um großschnauzig zu sein; es kann gut sein, dass etwas daran ist, am Erlöser und an der Erlösung – die Erlösung von dem Dasein, das wir bekommen und uns nicht genommen haben, die Erlösung von einem Leben, das uns ohne den geringsten Wunsch aufgedrängt ist. Ach Gott, wie mystisch ist das alles!

Bei einem Brand kommen schließlich alle Kurgäste ums Leben. Neben Magnus (welche Ironie) lässt Hamsun nur den Bauern, der auf dem benachbarten Grundstück ein einfaches Leben führt, überleben.

Aber abgesehen von einem derart nihilistischen Ansatz gibt es vermutlich kein dramatischeres Weihnachts-Szenario, als dass ein Kind, wie *Das kleine Mädchen mit den Schwefelhölzern*, stirbt. Hans Christian Andersen schildert die Szene: Da sitzt ein kleines Mädchen, barfuß, in einer Stadt im Winter auf der Straße, sterbend, niemand beachtet es – und das Mädchen träumt sich in eine Weihnachtsszenerie:

> Da saß sie unter dem herrlichsten Christbaum. Unendlich viele Lichter brannten auf den grünen Zweigen, und buntes

> Spielzeug schmückte den Baum. Das kleine Mädchen streckte beide Hände in die Höhe …

Ist Weihnachten stärker als der Tod? Unabhängig von dem Erfahrungsschatz jedes Einzelnen ist Weihnachten auch eine Idee, die tief im menschlichen Denken und Fühlen verankert ist. Es gibt ein Gedicht von Knut Hamsun, welches einen Refrain hat: *Om hundrede Aar er alting glemt* (Deutsch: In hundert Jahren ist alles vergessen) – das gilt sicher für Erinnerungen, die das Leben eines Individuums beschreiben und relativieren – für Weihnachten gilt das allerdings nicht. Durch die gelebten Traditionen, die modifiziert von Generation zu Generation weitergebeben werden, ergibt sich etwas tröstlich „Ewiges“.

Danksagung

Vor allem möchte ich den vielen Menschen danken, die meinen zweijährigen Schweden-Aufenthalt vor vielen Jahren zu einem Fest gemacht haben – nicht nur die Weihnachtszeit, sondern eigentlich jeden einzelnen Tag.

Besonderen Anteil daran hatten alle Mitarbeiter des Karolinska Institutes der Arbeitsgruppe von Bengt Samuelsson, insbesondere Jesper Haeggström, Martina Andberg und Anders Wetterholm (*in memoriam*), die mir einen tiefen persönlichen Einblick in die skandinavische Lebenswirklichkeit ermöglichten. Ich denke beispielsweise an die Lucia-Feier in einer kleinen roten Holzhütte auf dem Institutsgelände.

Nennen möchte ich auch Martin Müller, ohne dessen Forschungsaufenthalt am Karolinska Institut in Stockholm das Eintauchen in ein schwedisches Leben gar nicht möglich gewesen wäre.

Danken möchte ich auch meiner dänischen Schwiegertochter Astrid Eriksen und ihren Eltern, die mich bemerkenswert in ihre Familie aufgenommen haben und Skandinavien in meinem Herzen lebendig halten.

Dass meine Verbundenheit mit Skandinavien, die besonders in der Weihnachtszeit spürbar und durch Objekte auch sichtbar wird, in einem Buch zum Ausdruck kommen würde, ist ein Geschenk. Dieses Buch hätte nicht entstehen können ohne das Vertrauen, welches der Thorbecke Verlag mir entgegengebracht hat. Und allen voran hat Janina Drostel das Entstehen und die Umsetzung wieder in besonderer Weise begleitet.

Literaturverzeichnis

Bei den im folgenden aufgeführten Werken stehen Originaltitel und Erscheinungsjahr in Klammern hinter dem deutschen Titel.

HINTERGRUNDLITERATUR

Amend-Söchting, Anne: Weihnachten im Bilderbuch = Bilderbuchweihnachten? Literaturkritik.de vom 12. Dezember 2017 (https://literaturkritik.de/nonn-jackowski,23958.html) [letzter Zugriff: 13.12.2024]

Breinholst, Willy: Weihnachten in Skandinavien. Privatdruck. Übersetzt von Werner Lüning 1967

Brunner, Bernd: Die Erfindung des Nordens. Kulturgeschichte einer Himmelsrichtung. Galiani Verlag: Berlin 2019

Diekmann-Müller, Annette: Tannenbaum und Mistelzweig. Die Geschichte unserer Weihnachtspflanzen. Jan Thorbecke Verlag: Ostfildern 2024

GEO Epoche Nr. 112: Skandinavien. Die Geschichte des Nordens. Gruner & Jahr Verlag: Hamburg 2021

Groisböck, Karin: Das schwedische Weihnachtsbrauchtum mitsamt besonderem Ausblick auf Dänemark und Norwegen in Geschichte und Gegenwart. Masterarbeit Universität Wien 2015 (https://utheses.univie.ac.at/detail/32304). [letzter Zugriff: 13.12.2024]

Hennigsen, Bernd: Die Welt des Nordens. Zwischen Ragnarök und Wohlfahrtsutopie: Eine kulturhistorische Dekonstruktion. Berliner Wissenschaftsverlag: Berlin 2021

Hinkel, Michael und Diercks, Jörn: Weihnachten aus der Sicht des Kindes – Eine empirisch-psychologische Untersuchung. GRIN Verlag: München 2002 (www.grin.com/document/19726) [letzter Zugriff: 13.12.2024]

Langenhorst, Georg: Weihnachten in der modernen Literatur. 2005 (www.herder.de/stz/wiedergelesen/weihnachten-in-der-modernen-literatur/) [letzter

Zugriff: 13.12.2024]
Lauber, Amelie: Das Phänomen Hygge in der Möbelbranche. Studienarbeit. GRIN Verlag: München 2017
Miller, Daniel: Das globale Fest. Edition Suhrkamp: Berlin 2011
Puhle, Annekatrin: Zwerge. Begegnungen und Erlebnisse mit dem kleinen Volk. Aquamarin Verlag: Grafing bei München 2010. Insbesondere S. 58–63 und S. 298–305
Rühmann, Karl: Fiktion oder Wirklichkeit: über das Autobiografische in der Literatur. In: Glasmurmeln, ziegelrot. Rüffer & Rub Verlag: Zürich 2018
Schmiedt, Helmut: Weihnachten in der Literatur. Herder Verlag: Freiburg 2021
Schröter, Harm G.: Geschichte Skandinaviens. Verlag C. H. Beck Wissen: München 2021
Weber-Kellermann, Ingeborg/Bimmer, Andreas C./Becker, Siegfried: Einführung in die Volkskunde/Europäische Ethnologie. Verlag J. B. Metzler: Stuttgart 2003
Weihnachtslieder in Schweden. UHR Verlag: Kaarst 2006
https://swedishpress.com/how-the-swedish-christmas-goat-julbocken-turned-into-santa-claus-jultomten/ [letzter Zugriff: 13.12.2024]
Julbelysning: Die Sehnsucht der Schweden nach Licht. 2019 (https://www.svenskanyheter.de/julbelysning-freude-der-schweden-an-licht) [letzter Zugriff: 13.12.2024]

HANS CHRISTIAN ANDERSEN

Das kleine Mädchen mit den Schwefelhölzern (*Den lille Pige med Svovlstikkerne*/1845). Nachzulesen z. B. hier: www.projekt-gutenberg.org/andersen/maerchen/chap125.html [letzter Zugriff: 13.12.2024]
Das Märchen meines Lebens. Briefe. Tagebücher. Wiss. Buchgesellschaft: Stuttgart 1961. (Erstausgabe 1846 auf Deutsch) Auch nachzulesen unter https://www.projekt-gutenberg.org/andersen/autobio1/chap001.html [letzter Zugriff: 13.12.2024]
Der Kobold und die Madame (*Nisse og madamen*/1867). Nachzulesen hier: https://www.andersenstories.com/de/andersen_maerchen/der_kobold_und_die_madame [letzter Zugriff: 13.12.2024]
Der Krüppel (*Krøblingen*/1870). Nachzulesen hier: www.andersenstories.com/de/andersen_maerchen/der_kruppel [letzter Zugriff: 13.12.2024]
Nisse (häufig übersetzt: Heinzelmännchen) *beim Krämer* (*Nissen hos spækhøkeren*/1852). Gefunden hier: https://www.andersenstories.com/language.php?andersen=062&l=da&r=de (auch in deutscher Übersetzung) [letzter Zugriff: 13.12.2024]

Der Tannenbaum (*Grantræet* 1844 in: *Nye Eventyr. Første Bind. Anden Samling*). Hier nachzulesen: https://www.projekt-gutenberg.org/andersen/maer-03/chap011.html [letzter Zugriff: 13.12.2024]
Weihnachten mit Hans Christian Andersen (Originaltexte). Herausgegeben von Antje Erdmann-Degenhardt. Aufbau Verlag: Berlin 2003
Zwölf mit der Post (*Tolv med Posten*, 1858). Nachzulesen hier: https://www.projekt-gutenberg.org/andersen/maer-03/chap008.html [letzter Zugriff: 13.12.2024]

Über Hans Christian Andersen:
Andersen, Jens: Hans Christian Andersen. Eine Biographie. Insel Verlag: Frankfurt und Leipzig 2005
Hinrichsen, Torkild: Hans Christian Andersens Weihnachten. Scherenschnitte, Geschenke und Weihnachtsdichtungen. Husum Verlag: Husum 2017
Vaegter, Knut/Mygh, Lieselotte (Illu.): How my mother taught me to weave Christmas Hearts. 6. Auflage. Museet Falsters Minder: Nykøbing 2012

PETER CHRISTEN ASBJØRNSEN

Per Gynt. Nachzulesen hier:
https://www.projekt-gutenberg.org/asbjoern/maerchen/chap001.html [letzter Zugriff: 21.04.2024]

KAREN VON BLIXEN-FINECKE (AUCH UNTER TANIA BLIXEN, DT.; ISAK DINESEN, ENGL., KAREN BLIXEN, DÄN.)

Alkmene. 1942 in: Wintergeschichten (*Vintereventyr*). Rowohlt Taschenbuch Verlag: Reinbek bei Hamburg 2001, S. 201–238
Briefe aus Afrika 1914–1931. Rowohlt Taschenbuch Verlag: Reinbek bei Hamburg 1993

Über Karen von Blixen-Finecke:
Ravnholt, Charlotte: Tante Tannes Jul. In: Bo bedre 26.10.2007
Rindberg, Lo: Jul hemma hos Karen Blixen. 2010. https://www.ltz.se/2010-12-27/jul-hemma-hos-karen-blixen [letzter Zugriff: 13.12.2024]
Selborn, Clara: Die Herrin von Rungstedlund. Erinnerungen an meine Zeit mit Tania Blixen. Deutsche Verlagsanstalt: München 1993

Judith Thurmann: Tania Blixen. Ihr Leben und Werk. Deutsche Verlagsanstalt: München 1989
https://www.kristeligt-dagblad.dk/liv-sjæl/jul-med-karen-blixen (Interview mit Nils Carlsen, dem Sohn von Karen Blixens Haushälterin) [letzter Zugriff: 13.12.2024]
https://www.ltz.se/2010-12-27/jul-hemma-hos-karen-blixen [letzter Zugriff: 13.12.2024]
https://www.houzz.de/magazin/houzzbesuch-auf-diesem-landsitz-schrieb-karen-blixen-ihre-buecher-stsetivw-vs~98899123 [letzter Zugriff: 13.12.2024]

MARIE (M) UND KNUT (K) HAMSUN

Benoni (K; 1908). Deutscher Taschenbuchverlag: München 2000
Briefe (K). Eingeleitet und herausgegeben von Tore Hamsun. Verlag Langen Müller: München 1957
Das letzte Kapitel (K, *Siste Kapitel*/1923). Nachzulesen in: www.projekt-gutenberg.org/hamsun/letztkap/letztkap.html [letzter Zugriff: 13.12.2024]
Der Regenbogen (M, *Regnbuen*/1953). Paul List Verlag: München 1954
Die Langerudkinder im Winter (M; *Bygdebarn om vinteren*/1926). In: Die Langerudkinder, Fischer Taschenbuch Verlag: Frankfurt 2012
Hunger (K; *Sult*/1890). Nachzulesen unter https://www.gutenberg.org/cache/epub/60728/pg60728-images.html [letzter Zugriff: 13.12.2024]
Om hundrede aar er alting glemt (K; 1904 erschienen in *Det vilde kor*) gefunden unter https://lyricstranslate.com/de/om-hundrede-aar-er-alting-glemt-hundred-years-everything-forgotten.html [letzter Zugriff: 26.04.2025]
Weihnachten in der Berghütte, Johannes Treu, Weihnachtsschmaus (alle K; *Jul i Aasen, Jon Tro, Julegilde*/1897 in *Siesta*). Alle Erzählungen nachzulesen hier: Die Königin von Saba und andere Novellen. Verlag Langen Müller: München 1968

Über Marie und Knut Hamsun:
Ferguson, Robert: Knut Hamsun. Biographie. Deutscher Taschenbuchverlag: München 1992
Hamsun, Tore: Mein Vater Knut Hamsun. Verlag Langen Müller: München 1953
Häuser, Stefan: Knut Hamsun – autobiographische Elemente in seinen Werken. Diplomarbeit Universität Wien 2008. https://phaidra.univie.ac.at/download/o:1250159 [letzter Zugriff: 13.12.2024]
Maerz, Susanne: Knut Hamsun und der Faschismus in Norwegen in www.spektrum.de/alias/r-hauptkategorie/knut-hamsun-und-der-faschismus-in-norwegen/1002518 (2009) [letzter Zugriff: 13.12.2024]

HENRIK IBSEN

Brand (1866). Hier nachzulesen: https://www.projekt-gutenberg.org/ibsen/brand/brand1.html [letzter Zugriff: 13.12.2024]

Gespenster (*Gengangere. Et familjedrama.* wörtlich: Die Wiedergänger/1881). Nachzulesen hier: https://www.projekt-gutenberg.org/ibsen/gespenst/chap00.html [letzter Zugriff: 13.12.2024]

Nora oder ein Puppenheim (*Et dukkehjem*/1879). Nachzulesen hier: https://www.projekt-gutenberg.org/ibsen/puppenh/puppenh1.html [letzter Zugriff: 13.12.2024]

Über Henrik Ibsen:

Archer, William: Play-Making: A manual of craftmanship. 1912 (https://www.gutenberg.org/cache/epub/10865/pg10865-images.html) [letzter Zugriff: 13.12.2024]

Edvardsen, Erik Henning: Dedicated to Fun and Games (S. 160–165). In: Anne-Sofie Hjemdahl (Editor): A Thing or Two About Ibsen. His Possessions, Dramatic Poetry and Life. Andrimne forlag: Oslo 2006

Ferguson, Robert: Henrik Ibsen. Eine Biographie. Kindler Verlag: München 1998

Ibsens Punsch (*Ibsens punsj*). Rezept nachzulesen hier: www.aperitif.no/drinker/drink/ibsens-punsj,40322 [letzter Zugriff: 13.12.2024]

Noras Mandelmakronen (*Nora Helmers Makroner*). Rezept nachzulesen hier: https://millasmat.com/bakverk/nora-helmers-makroner [letzter Zugriff: 14.01.2025]

Ytrehus, K.: Ibsen og solskinnet [Ibsen and sunshine]. Tidsskrift for den Norske Legeforening, 113 (1993), (H9). Norwegian Medical Association: Oslo, S. 1092–1096

SELMA LAGERLÖF

An die Dunkelheit (*Till mörkret,* in: Sevensk Tidskrift/1891) nachzulesen hier: litteraturbanken.se/txt/lb9933354/lb9933354.pdf (dort auch eine Interpretation von Lisbeth Stenberg, S. 93–102), Übersetzung nach: B. Thoma [letzter Zugriff: 13.12.2024]. Vgl. auch Edwards, Nina: Darkness. A Cultural History. Reaktion Books: London 2018 sowie Niederberger, Lisa-Viktoria: Dunkelheit. Ein Plädoyer. Haymon Verlag; Innsbruck 2025

Das Buch zu Weihnachten. Eine Kindheitserinnerung (*Julklappsboken*/1933 erschienen in der Sammlung *Julklappsboken och andra berättelser.* Nachzulesen hier: Weihnachten im hohen Norden. Hrsg. von Gabriele Haefs, Christel Hildebrandt und Dagmar Mißfeldt. Philipp Reclam jun. Verlag: Ditzingen 2011, S. 7–13

Der Tomte in Töreby (*Tomten pa Töreby* in der Sammlung *Troll och mäniskor II*/1921). Nachzulesen hier: https://runeberg.org/troll/0222.html [letzter Zugriff: 13.12.2024]

Die heilige Nacht (*Den heliga Natten*/1904 in: *Kristuslegender*). Nachzulesen hier Selma Lagerlöf: Sancta Lucia. Weihnachtliche Geschichten. Hrsg. von Christel Hildebrandt und Gabriele Haefs. Philipp Reclam jun. Verlag: Ditzingen 2017, S. 7–14

Die Legende vom Luciatag (*Luciadagens legend*/1921). Nachzulesen hier: Selma Lagerlöf: Sancta Lucia. Weihnachtliche Geschichten. Hrsg. von Christel Hildebrandt und Gabriele Haefs. Philipp Reclam jun. Verlag: Ditzingen 2017, S. 15–43

Die Legende von den Christrosen (*Legenden om julrosorna*/1908 in *En saga om en saga och andra sagor*). Nachzulesen hier: Selma Lagerlöf: Sancta Lucia. Weihnachtliche Geschichten. Hrsg. von Christel Hildebrandt und Gabriele Haefs. Philipp Reclam jun. Verlag: Ditzingen 2017, S. 44–66

Ein Weihnachtsgast (*En Julgäst in Osynliga länkar*/1933). Nachzulesen in: https://www.projekt-gutenberg.org/lagerloe/unsichtb/chap011.html [letzter Zugriff: 26.04.2025]

Gottesfriede (*Gudsfreden*/1899 in *Legender og Fortællinger*). Nachzulesen in: www.projekt-gutenberg.org/lagerloe/lebensge/chap003.html [letzter Zugriff: 13.12.2024]

Mårbacka (1922). Verlag Langen/Müller: München 2015

Nils Holgersson (1906). Nachzulesen z. B. hier: www.gutenberg.org/files/31114/31114-h/31114-h.htm [letzter Zugriff: 13.12.2024]

Trollmusik (*Trollmusik. En julberättelse*/1940). Nachzulesen hier: Weihnachten bei den Elchen, übersetzt von Holger Wolandt. Piper Verlag: München, Berlin, Zürich 2015, S. 205–220

Beitrag für die Hausfrauenzeitschrift in Karlstad 1930 (https://digitaltmuseum.se/021181268158l/jul-hos-selma-lagerlof-pa-marbacka) [letzter Zugriff: 13.12.2024]

Über Selma Lagerlöf:

Thoma, Barbara: Selma Lagerlöf. Von Wildgänsen und wilden Kavalieren. Rümerhof Verlag: Zürich 2013

Wolandt, Holger: Selma Lagerlöf. Värmland und die Welt. Eine Biografie. Verlag Urachhaus/freies Geistesleben: Stuttgart 2015

https://sunnebloggen.blogspot.com/2020/12/selma-lagerlof-alskade-julen.html [letzter Zugriff: 13.12.2024]

ASTRID LINDGREN

Madita (*Madicken*/1960). Friedrich Oetinger Verlag: Hamburg 1990
Pippi plündert den Weihnachtsbaum. (*Pippi Långstrump har julgransplundring*/1950). Friedrich Oetinger Verlag: Hamburg 2010
Tomte Tummetott (1960). Friedrich Oetinger Verlag: Hamburg 1960
Weihnachten in Bullerbü (*Jul i Bullerbyn*/1963). Friedrich Oetinger Verlag: Hamburg 1963

VICTOR RYDBERG

Lille Viggs Äfventyr på Julafton. Erstmals gedruckt am 23. Dezember 1871 in der Weihnachtsausgabe von Göteborgs Handels- och Sjöfartstidning, später in Buchform: illustriert von Jenny Nyström. Bonniers Förlag: Stockholm 1906
Tomten (1881). Übersetzt gefunden hier: https://www.boerner-literatur.de/%C3%BCbersetzungen/der-wichtel/ [letzter Zugriff: 21.04.2024]

AUGUST STRINDBERG

Advent. Ein Weihnachtsspiel (1899). Verlag Georg Müller: München und Leipzig 1917
Alt Stockholm (Gamla Stockholm: Anteckningar urtryckta ock otryckta källor, framletade. saml. och utg. af Claës Lundin och August Strindberg 1250–1880/1882), nachzulesen hier: https://runeberg.org/gsthlm/ [letzter Zugriff: 13.12.2024]
Brief an Karin, Greta und Hans Strindberg (26. Dezember 1898). Nachzulesen hier: Werke in zeitlicher Folge. Achter Band. 1898–1900. Frankfurter Ausgabe, Hrsg. von Wolfgang Pasche. Insel Verlag: Frankfurt 1992
Briefe an seine Tochter Kerstin. Herausgegeben von Torsten Eklund. Claasen Verlag: Hamburg 1963
Briefe an Harriet Bosse (Weihnachten 1904). Nachzulesen hier: Werke in zeitlicher Folge. Zehnter Band. 1903–1905. Frankfurter Ausgabe, Hrsg. von Wolfgang Pasche. Insel Verlag: Frankfurt 1987
Der schwarze Handschuh (*Svarta Handsken*/Kammerspiel opus 5/1907). Nachzulesen hier: https://litteraturbanken.se/f%C3%B6rfattare/StrindbergA/titlar/SvartaHandsken/sida/20/faksimil (Schwedisch) [letzter Zugriff: 13.12.2024]
Die Stärkere (*Den Starkare*/1889). Nachzulesen unter www.projekt-gutenberg.org/strindbe/staerker/staerker.html [letzter Zugriff: 13.12.2024]

Gespenstersonate (*Spöksonaten*/1908). Nachzulesen unter www.projekt-gutenberg.org/strindbe/gespenst/gespenst.html [letzter Zugriff: 13.12.2024]
Glückspeters Reise (*Lycko-Pehrs Resa*/1883). Nachzulesen unter: https://runeberg.org/strindbg/ti80dram/0280.html (Schwedisch) [letzter Zugriff: 13.12.2024]
Inferno/1898. (Original auf Französisch, ins Deutsche übersetzt von Christian Morgenstern). Nachzulesen unter https://www.projekt-gutenberg.org/strindbe/inferno/chap017.html [letzter Zugriff: 13.12.2024]

Über August Strindberg:
Lagercrantz, Olof: Strindberg. Insel Verlag: Frankfurt 1980
Prideaux, Sue: Strindberg. A Life. Yale University Press: New Haven, London 2013
Strindbergsskällskap. https://auguststrindberg.se/ [letzter Zugriff: 13.12.2024]

Sigrid Undset
Christmas and Twelfth Night: Reflections. Longmans, Green & Co.: London 1932

Die Autorin

Annette Diekmann-Müller ist Buchhändlerin, Apothekerin, promovierte Pharmaziehistorikerin, Fachjournalistin und Autorin. Themen für Bücher findet sie im Leben – die Möglichkeit zu verstehen ist ihr Antrieb. Das literarische Spektrum reicht vom Sachbuch bis zum Kinder- und Jugendbuch. Im Thorbecke Verlag sind bisher erschienen: „Vertraute Exoten“, „Blicke ins Grüne – Schreibende Frauen und ihre Gärten“ und „Tannenbaum und Mistelzweig“.

Annette Diekmann-Müller

TANNENBAUM UND MISTELZWEIG

Die Geschichte unserer Weihnachtspflanzen

13 × 21 cm, 172 Seiten

ISBN 978-3-7995-2084-3

In der kalten Jahreszeit schätzen wir jedes lebendige Grün ganz besonders: Nicht nur Tannenbaum, Misteln und Ilex spielen eine besondere Rolle in der Weihnachtszeit, sondern auch Apfel, Nuss und Mandelkern gehören auf jeden Fall dazu sowie die zarten Blüten des Barbarazweigs. Und was wäre Weihnachten ohne den wunderbaren Duft von Orangen und Mandarinen, ohne die überraschende Pracht von Weihnachtssternen aus Mexiko und Amaryllis aus Südafrika?
Wie es alle diese Pflanzen in unsere winterlichen Wohnzimmer geschafft haben und unsere Bräuche und Traditionen bis heute prägen, das ist interessant und vergnüglich zu lesen.
Begleitet werden die Geschichten von historischen Abbildungen mit nostalgischem Charme, die uns in vergangene Weihnachtszeiten versetzen.